L'Arcipelago Einaudi

105

www.einaudi.it

ISBN 88-06-18400-8

Mario Rigoni Stern

Stagioni

Einaudi

Stagioni

A Roberto Cerati che da ragazzo
strillava «Il Politecnico» in un angolo
della Galleria Vittorio Emanuele.

Inverno

Sono nato alle soglie dell'inverno, in montagna, e la neve ha accompagnato la mia vita. All'asilo infantile le suore ci avevano insegnato una canzoncina che diceva di un bambino che dormiva in una culla e di una vecchia che cantava, il mento sulla mano: «... Nel bel giardino il bimbo s'addormenta. | La neve fiocca lenta, lenta, lenta». Scopersi molto tempo dopo che era un sonetto del Pascoli.

Alle scuole elementari il maestro Marcant ci faceva cantare: «... Sui lucenti e tersi campi del nevaio sconfinato | Sorridenti al nostro fato...», che nella Grande Guerra era stato l'inno degli alpini sciatori.

Anche nel *Libro delle favole* che mi aveva portato la Befana avevo trovato la neve della *Piccola fiammiferaia* di Hans Christian Andersen.

Quando andavo con gli sci in spalla sui campi di gare dei balilla era il tempo che leggevo di *Zanna Bianca* sulle nevi del Nordamerica e di Michele Strogoff sulle nevi della Siberia. Troppo presto finí per me il tempo delle gare di sci e dei libri d'avventura.

Cadeva la neve sulle montagne della guerra dove ci portava il destino. Delle Alpi occidentali e dei ghiacciai avevo letto qualcosa di Antonio Stoppani; quando ero sulle drammatiche montagne dell'Albania, in qualche momento potevo rileggere anche: «... piovean di foco dilatate falde, | come di neve in alpe sanza vento». Ma il vento c'era, e pure il fuoco dei mortai greci.

Ad Aosta, nel gennaio del 1942, in attesa della partenza per il fronte russo, i segnali di tromba per gli alpini sciatori del Cervino erano preceduti da quattro o cinque note di una canzonetta che allora cantavano i dopolavoristi in gita: «Si va sulla montagna...»

Dopo dieci anni Elio Vittorini mi scoperse *Sergente nella neve* e ancora tale sono rimasto per tanti. Da allora ho letto anche della tristissima neve della Kolyma, di quella rosso-nera di Stalingrado, di quella di Leningrado che non copriva i bulbi dei Giardini d'Inverno ma le migliaia di migliaia di cadaveri dei civili morti di fame durante l'assedio.

In questi giorni è nevicato molto e sul mio tetto, sopra quella di dicembre, c'è piú di un metro di neve fresca. Sono isolato dal paese. Da un libro traggo un foglio dove Andrea Zanzotto mi ha trascritto a mano una sua poesia: «*Gelo*: || Stagione del candore – | per le piú variate nevi | mille stelle sorelle | verso me prendono il cammino».

Ma dov'è questo freddo che giornali e televisioni ci vogliono far credere? Freddo polare, freddo siberiano, bufere di neve, strade ingolfate... Anche d'estate si scrive caldo africano, siccità che spacca la terra; per dire dopo qualche giorno violenti temporali e piogge insistenti, freddo autunnale. Se ora dovesse arrivare la notizia che in qualche parte d'Italia è fiorito un mandorlo ecco tutti a dire che è qui la primavera.

È che noi umani abbiamo la memoria corta, e chi ce la vuole ravvivare non ne ha. Pochi sono quelli che sull'agenda scrivono le temperature, le precipitazioni, i cambiamenti del clima. Solo affari, solo appuntamenti; una volta erano certamente di piú gli uomini che usavano annotare anche le cose della natura, perché ora si vive con artefizi, ossia con espedienti diretti a ottenere effetti estranei all'ordine naturale.

Prova, lettore, a immaginare un fatto importante della tua vita localizzandolo nel luogo e nella stagione e prova a ricordare com'era il tempo. Freddo? Caldo? Era sereno il cielo? Raffrontalo con l'oggi e vedrai che gli eccessi, le esagerazioni sono piú volte fuori tempo. Quando nella camera da letto il termometro segna 16° ora mi sembra fresco, ma se penso a quando ero bambino e l'orina si gelava nel vaso da notte, allora mi pare che oggi nella stanza sia fin troppo caldo. Quando esco da casa e il termometro in piazza, sul muro della farmacia, segna −18°, stimo molto freddo, e sento pizzicare il naso. Ma, se ripenso ai −39° del gennaio 1942, mi dico che è quasi primavera!

Insomma, basta con queste lagne. È perché viviamo sempre in case surriscaldate, perché facciamo poco movimento; perché le donne vanno vestite leggere per far vedere le forme e la pelliccia la indossano in mezza stagione per farsi notare, perché i giovani vestono i jeans e non mettono le mutande di lana e bevono bevande fredde invece di tè caldo.

Noi, noi siamo cosí; ma quando vedo un maghrebino spalare la neve senza cappotto, o uno slavo lavorare da muratore su un'impalcatura tra la neve che cade, o un nero che cerca un poco di caldo nella sala d'aspetto di una stazione ferroviaria, allora penso che per loro è davvero freddo.

Fa moltissimo freddo in quelle città della Siberia dove non arrivano i rifornimenti, anche per i marinai bloccati dai ghiacci dell'Artico, per i vagabondi della Russia, per i bambini della Moldavia, per i clochard di Parigi, per i barboni di Milano e di Torino. I terremotati del Sud hanno dimostrato grande dignità e forza nel sopportarlo.

Noi che viviamo in case calde, che siamo ben nutriti, che abbiamo morbidi indumenti di lana consideriamo che anche questi sono uomini.

Già, queste ultime righe hanno parafrasato Primo Levi. Dobbiamo ricordare. Ricordiamo che sessantatre anni or sono 221 875 soldati italiani erano nel grande freddo della Russia: 74 800 non tornarono a baita; 26 690 ritornarono congelati o feriti.

Sessant'anni or sono era in pieno sviluppo la seconda fase della battaglia invernale del Don. Era solo su un tratto di quel lungo fronte che dalla Carelia giungeva al Caucaso. Dalla grande ansa dove il Don si avvicina al Volga per poi girare a occidente nel Mar d'Azov, il 19 novembre 1942 era incominciata la titanica lotta che avrebbe circondato a Stalingrado la 6ª Armata di Von Paulus. Anche a sud era in atto la manovra che avrebbe costretto i tedeschi e i rumeni del Gruppo Armate A tra il Caucaso e il Mar Caspio a ritirarsi a precipizio verso lo Stretto di Kerc per non restare intrappolati. Sul fronte russo era incominciata la nemesi del Terzo Reich.

All'inizio di quell'inverno lo schieramento dell'Armata italiana in Russia, ARMIR, andava da nord a sud lungo la riva destra del Don; a nord di Babka era schierata la 2ª Armata ungherese, a sud di Vescenskaja la 3ª Armata rumena. Tra Babka e Novaia Kalitva era in linea il Corpo d'Armata Alpino con le Divisioni Tridentina, Julia e Cuneense; seguivano il II Corpo d'Armata con le Divisioni Cosseria e Ravenna, il 318° reggimento granatieri tedesco, tre compagnie controcarro tedesche e il raggruppamento camicie nere «23 marzo». Il XXXV Corpo d'Armata aveva in linea la 298ª Divisione di fanteria tedesca, la Divisione Pasubio e il raggruppamento camicie nere «3 gennaio»; completava lo schieramento dell'ARMIR il XXIX Corpo d'Armata con la 62ª Divisione tedesca, le Divisioni Torino e Sforzesca, la legione croata. Questo settore «del Medio Don» era lungo 250 km.

L'Armata, comandata dal generale Gariboldi, aveva alle sue dirette dipendenze il battaglione sciatori Monte Cervino, il raggruppamento a cavallo con il Savoia Cavalleria e i Lancieri di Novara; genio, sedici autoreparti, una Intendenza, un battaglione carabinieri e 41 sezioni CCRR presso i reparti, ospedali di base. La forza complessiva degli italiani era di 230 000 uomini in 122 battaglioni e 50 compagnie autonome, 25 000 quadrupedi, 16 700 automezzi, 4470 motomezzi, 977 pezzi di artiglieria di vario calibro, un corpo aereo con 23 aerei da ricognizione e 41 da caccia.

L'Armata si era cosí attestata sul fiume dopo la prima battaglia difensiva dal 20 agosto al 1° settembre 1942 durante la quale l'avversario era riuscito a consolidare le teste di ponte di Verhnij Mamon e Ogalev

Abrassimova, da dove sarebbe ripartito a dicembre per sconfiggere l'Armata italiana.

In piú punti del fiume, appena la consistenza del ghiaccio si dimostrò sufficientemente solida, i russi riuscirono a costruire davanti al nostro schieramento otto passerelle con fondo di travi, terriccio e graticci posati direttamente sul ghiaccio e, sopra questi, tavolame da ponte. Due ponti collegavano la riva sulla sponda destra.

Di notte, dalle postazioni italiane sul fiume, si incominciarono a sentire i rumori delle autocolonne che scendevano dal nord; poi le loro batterie a inquadrare il tiro e gli aerei a sorvolare a bassa quota le nostre linee. A sud lampeggiavano i bagliori della grande battaglia verso il Volga e il vento portava il sordo e minaccioso brontolio. Presto si sarebbe spostato dalle nostre parti.

Le operazioni contro di noi ebbero inizio all'alba dell'11 dicembre con azioni di logoramento nel settore tenuto dalle Divisioni Cosseria, Ravenna e Pasubio; erano attacchi condotti con insistenza da reparti della 44ª e 38ª Divisione Guardie. Nei giorni 13, 14 e 15 i battaglioni russi continuarono ad attaccare accerchiando alcuni capisaldi. Furono contenuti ma non battuti e avevano posto le premesse per la battaglia di rottura. In questi frangenti veniva minacciato d'accerchiamento da sud il Corpo d'Armata Alpino e il giorno 14 il battaglione sciatori Monte Cervino raggiunse le paludi gelate del Kalitva dove si schierò con l'89° fanteria della Cosseria. I combattimenti si estesero sul fianco destro della Cuneense dove era in linea il battaglione Saluzzo. La Divisione Julia, che era tra

Bassovka e Semeiki, il giorno 17 riceve l'ordine di portarsi a sud per fronteggiare la grave situazione. Il Pieve di Teco, il Morbegno e il Vestone che erano in secondo scaglione e i reparti della Divisione Vicenza che erano di presidio e senza armi d'accompagnamento, in una notte di neve e di intenso freddo si mettono in movimento per sostituire la Julia. Il cambio in linea avviene nelle prime ore della notte del 18 dicembre. La vera e propria battaglia di rottura e annientamento era iniziata all'alba del 16 dicembre.

Incominciarono a sparare oltre duemila cannoni, i lanciarazzi multipli *katiuscia* e i piú pesanti *vaniusci* da 300 mm; carri armati pesanti, medi e leggeri, battaglioni e battaglioni di «guardie» delle Armate 1ª e 6ª attaccarono il fronte tenuto dal II Corpo d'Armata italiano. Il primo giorno avanzarono per pochi chilometri; accaniti combattimenti proseguirono il 17 e il 18; il giorno 19, per la breccia aperta dilagarono per venti chilometri verso ovest raggiungendo Novaia Kalitva; poi verso sud-est. Il giorno 19 giunsero a Kantamirovka interrompendo la ferrovia Rossosc-Millerovo.

I mezzi corazzati dell'Armata Rossa dilagarono ancora piú profondamente verso sud-est contro l'ala meridionale dell'ARMIR che nel contempo era stata attaccata frontalmente su tutta la linea del Don. Il giorno 19 il generale Gariboldi emanava l'ordine di ripiegamento dopo che tutte le forze disponibili erano state gettate nella battaglia, compresi pontieri e ferrovieri usati come fanteria.

Fu grandissima la tragedia che seguí: dopo i combattimenti sulle rive del Don fronteggiati con grande impegno e tante perdite, i reparti in movimento dissanguati dalla battaglia difensiva, in precarie condizioni di equipaggiamento, privi di artiglieria e di protezione aerea, con i congelati e i feriti che ancora potevano camminare, abbandonando gli altri negli ospedali, si trovarono ad affrontare scontri nell'inverno russo tra bufere di neve e temperature che raggiungevano i −30°.

Il giorno 19, a Kantamirovka, dove confusamente erano retrocessi numerosi reparti disorganizzati, i carri armati russi che si erano messi a osservare quel brulichio di uomini, automezzi, treni in partenza, vennero scambiati per tedeschi: ma poi aprirono il fuoco con cannoni e mitragliatrici provocando sorpresa, disorientamento e panico tra la grande massa che si sbandava cercando disperata salvezza. Quello stesso pomeriggio due attacchi di carri armati al comando della Divisione Celere distrussero tutto quanto si trovava: ospedali da campo, sussistenza, munizioni, automezzi e carburanti.

Le unità dell'ARMIR che erano in ritirata formarono due blocchi: verso sud e verso nord. Alla vigilia di Natale il freddo era sceso a −40°. A Certkovo venne formato un caposaldo di resistenza che fu subito accerchiato. 14 000 erano gli assediati, la metà tedeschi; pochi quelli che ancora avevano un'arma, scarse le munizioni; molti erano i feriti e i congelati. Resistettero cosí fino al 15 gennaio quando si aprirono un varco verso un reparto corazzato tedesco che veniva in soccorso. I feriti e i congelati e tutti quelli che non potevano camminare, circa un migliaio, vennero abbandonati sul posto.

I superstiti delle Divisioni Torino e Pasubio, nuclei

della Ravenna e della Celere, truppe e servizi del XXXV Corpo d'Armata, poche migliaia di persone, alla sera del 22 gennaio raggiunsero Belovodsk dove i feriti e i congelati furono avviati con le autoambulanze verso gli ospedali di Voroscilograd e Kupjansk.

Intanto che succedeva questo tra il 19 dicembre e il 17 gennaio 1942, sul fianco destro del Corpo d'Armata Alpino, in una piatta steppa senza ripari, gli attacchi dei russi vengono affrontati dagli alpini della Julia, dai battaglioni Saluzzo e Cervino, dai resti di un corpo corazzato tedesco che aveva a disposizione pochi semoventi.

Il 13 gennaio era iniziata l'operazione Ostrogozsk-Rossosc: una manovra a tenaglia dei russi che partendo da nord e da sud avrebbe dovuto annientare il Corpo d'Armata Alpino e parte della 3ª Armata ungherese. Il 14 gennaio, da una breccia aperta nel settore tenuto dagli ungheresi i carri russi dilagano per dodici chilometri, lasciando cosí scoperto il fianco sinistro del Corpo d'Armata Alpino. L'Armata ungherese praticamente si disperde. Si suicida il generale tedesco che aveva preso il comando delle residue forze tedesche e il 15 gennaio, verso le quattro del mattino, una ventina di carri russi raggiunge Rossosc, sede del comando del nostro Corpo d'Armata. Lo stesso giorno il generale Gariboldi insiste presso il comando del Gruppo Armate B per ottenere l'ordine di ripiegamento degli alpini. La risposta viene da Hitler: Nein!

Nei giorni 15 e 16 sono respinti gli attacchi sferrati dalle fanterie russe contro i capisaldi tenuti sul Don dalle compagnie del Vestone e dell'Edolo. Alle ore 11 del 17 gennaio, quando i carri armati russi avevano già chiuso il cerchio da nord e da sud occupando Karpenkovo e Postojalyi, giunge al comando del Corpo d'Armata Alpino l'ordine di ripiegare. Il messaggio chiude con le parole: «Iddio sia con voi!»

Quella notte che lasciammo la linea nevicava. Poi vennero tormenta e molto freddo. La bufera si prese i nostri primi morti. Dopo giorni e notti di marce e combattimenti, il 26 gennaio giungemmo in vista di Nikolaevka. I resti del Vestone, del Valchiese, del Verona in quella mattina partirono all'attacco per aprire la porta verso l'Italia. Prima di sera giunse anche l'Edolo e scese a valanga la marea degli sbandati. In Italia nessuno sapeva o parlava della nostra sorte: 74 800 soldati italiani non ritornarono e di questi 33 120 erano alpini. Ora laggiú, e in tanti villaggi delle Alpi, solo neve e silenzio.

L'inverno del 1944 era stato duro, ma meno di quello del 1942 che nel gennaio aveva raggiunto i trenta gradi sotto zero; fu duro per la fame, per l'occupazione delle forze tedesche, per i fascisti di Salò. Anche la fame era tanta e girava per queste montagne come uno spettro. I partigiani se ne stavano rintanati nei boschi sopra le contrade in attesa della primavera, attenti a non lasciare tracce sulla neve. Si muovevano solo di notte, guardinghi come le volpi e appena incominciava a nevicare. Prendevano contatto con il paese solo quando la nevicata s'infittiva e con il vento, in luoghi prima convenuti e solo tra fidatissimi; avevano bisogno di cibo: farina per fare la polenta e formaggio per il companatico. La farina la procurava in pianura un compaesano che era nel Cln di Padova e quassú la portava la Rosi, venditrice ambulante di verdura, nascondendola tra le ceste del suo baroccio; il formaggio lo fornivano Massimo e Silvio del Caseificio Sociale.

In quel tempo importante era dosare il sale, il tabacco e la grappa, tutti e tre generi di contrabbando.

La polenta veniva preparata ogni mattina prima dell'alba, nel buio piú buio per non far vedere da laggiú il filo di fumo sopra il bosco. Avevano anche l'accortezza di bruciare sempre e soltanto legna secca.

In febbraio certe ore erano splendenti di sole e lunghissime a passare, allora osservavano il paese da una feritoia che gli inglesi avevano aperto nel 1918, quando erano qui a fare la guerra con noi contro gli austriaci. Era un foro in una roccia che guardava le case; laggiú dentro i prati bianchi dove qualche volta vedevano le brigate nere che sciavano. Con il binocolo si poteva controllare ogni movimento e anche la strada che portava alla vecchia caserma degli alpini dove passavano i camion con i tedeschi. Si sentivano scandire le ore dal campanile; l'angelus del mattino e della sera diventava un collegamento con il paese.

Dal dicembre con loro era rimasto uno scricciolo e ormai era come facesse parte del gruppo. Non che desse tante confidenze, anzi, a volte gonfiava le penne per apparire piú grosso e strillava d'arrabbiato se qualcuno della squadra tentava d'avvicinarlo. Svolazzando rapido appariva e scompariva tra i cespugli di ginepro e di crespino, tra le tavole che coprivano il ricovero, tra le pietre del muro. Un giorno che nevicava fitto e insistente si fece ardito e impertinente e svolazzò sopra di loro che stavano sdraiati in silenzio aspettando la primavera sullo strame di foglie secche e rametti di peccio. I loro occhi lo seguivano divertiti godendo della sua compagnia. Lo scricciolo beccava qualche larva o insetti fra le travi, negli interstizi delle pietre e sulle cortecce del soffitto.

Uno di loro, dopo piú di un'ora che lo seguiva con gli occhi disse: – Gli faccio un laccio con i miei capelli e me lo mangio con la polenta.

Un compagno che i capelli li aveva altrettanto lunghi ma biondi, ed era famoso per la sua ferocia verso fascisti e tedeschi che gli avevano ucciso il padre sulla porta di casa, sussurrò a sua volta: – Se tu lo fai ti sparo come a un fascista.

A segnalare l'arrivo dell'inverno, da sempre, è per primo lo scricciolo che si avvicina alle case degli uomini. È il piú piccolo degli uccelli europei, un batuffolo raccolto di piume brune con fini striature piú scure e una piccola e breve coda sempre portata all'insú. Il suo richiamo è come un leggero tocco su un campanellino d'argento: è con questo che chiama la neve. Il suo nome lo denota cosí antico che certamente la sua presenza faceva compagnia agli uomini nell'età della pietra: *Troglodytes troglodytes*; da noi in cimbro lo chiamiamo *rasetle* che vuol dire nervosetto o, anche, furiosetto; per i tedeschi è *Zaunkönig*: re delle siepi.

Arriva dal bosco a fine novembre o a dicembre, si fa vedere e sentire furtivo e domestico tra le cataste di legna dove s'introduce alla ricerca di ragni o mosche. Cosí lo ricordo sin dalla mia lontana infanzia e subito, dopo di lui, giungerà puntuale la neve dai monti a nord: leggera e secca, uno spolverio su boschi e case; ma se da est, abbondante da bosco a bosco a coprire le erbe secche e il muschio, i cespugli, vestendo di bianco gli alberi: tutto diventerà nuovo, irreale e misterioso.

Segavo la legna nel cortile di casa. Mio nonno, seduto sui gradini di pietra, mi osservava fumando la pipa. La sega ben affilata penetrava dolcemente, con buon suono, nel tronco di faggio e la segatura bianca e odorosa di creosoto veniva a imbiancarmi le scarpe.

Ogni tanto alzavo la testa per guardare verso un poggiolo dove c'era una ragazza che aspettavo ogni giorno quando uscivamo da scuola. Sentivo che anche lei, da lassú, seguiva il mio lavoro.

Improvviso mi giunse un odore piú leggero e piú fragrante di quello della nebbia e guardando la montagna vidi un grigiore tenue che scendeva sul bosco seguendo la conformazione del terreno. A sera la neve giunse sui tetti delle case, sulle strade, sulle labbra dei ragazzi che aprivano la bocca verso il cielo da dove scendeva luminosa.

È profondo il silenzio della neve; quando cade, anche la notte diventa piú silenziosa e dolcissimo il sonno. È diversa pure la luce. Stanno immobili dentro il bosco cervi e caprioli, volpi e lepri. Quando il sole ritornerà saranno le cesene a salutarlo: erano partite dalla Scandinavia e da villaggio a villaggio sono giunte sino a noi perché il giorno ha piú luce e ci sono le bacche dei sorbi dell'uccellatore che ancora rimangono brillanti sugli alberi accosto alle case.

Il fumo della legna secca che brucia nelle cucine ristagna leggero sopra i tetti e un volo di cornacchie attraversa il cielo inquadrato dalla finestra; anche nel profondo del bosco caprioli e cervi alzando la testa guardano il nuovo paesaggio. Gli scoiattoli escono dal nido e salgono sui pecci facendo cadere la neve: vanno a ricercare gli strobili che nascondono i piccoli semi.

Anche se l'inverno sembra tutto mortificare, nella nuova luce del bosco si riprende a vivere. Camminando immersi in quel bianco di luce propria, tra gli alti tronchi muschiati d'argento, pure il tempo diventa irreale e vivi in un mondo metafisico come dentro un sogno: non ha piú peso il tuo corpo, non è faticoso il passo e cammini vagando da pensiero a pensiero. In un infinito tra gli alberi innevati anche le cose della vita appaiono piú chiare.

Il sole stava sorgendo; era il momento piú freddo della giornata. Poco prima uno sciatore solitario era passato lungo la stradetta, poi era salito sul prato. Ma dove andava? Certamente era uno che non amava le piste affollate e gli impianti di risalita. Un solitario che andava per il suo inverno, con i suoi ricordi, i suoi pensieri.

A richiamarti alla realtà potrebbe essere lo scatto di un lepre che hai disturbato nel covo dove dormiva, o un volo guizzante che sparisce tra i rami spolverando la neve. Era un astore? Il nobile rapace che i falconieri addestravano per le cacce reali?

Con il crescere della luce del giorno anche la foresta prende splendore dal sole; nelle ore meridiane la neve si scioglie dai rami a piccole gocce che via via si allungano come pendagli. Ai piedi delle conifere si adagiano le squame degli strobili rosicchiati dagli scoiattoli.

L'urogallo che si è acquartierato nel solito antico abete isolato e dominante trova casa da svernare e rustico cibo nelle foglie; le deiezioni secche e legnose sotto i rami attorno al tronco dimostrano la sua presenza; lui è lí sopra la tua testa, immobile nel piú fitto, ti guarda, ti lascia passare e ti segue piú con l'udito che con gli occhi e senti il suo sguardo: aspetta la primavera e non lo devi disturbare nella sua dimora.

Il freddo di gennaio ha riunito in cristalli i fiocchi di neve. Luci e ombre rivelano il cuore dell'inverno; le nuvole tirate dal vento lo spazio del cielo. Ma quell'aereo dove andrà? A Roma o a Venezia. Da dove verrà? È pure piccola la Terra, ma è pure immenso un cristallo di neve.

Com'è bene ciò che è forestale! Ora, con il terreno coperto da tanta neve, gli alberi appaiono diritti, solenni e vivi si perdono nella profondità del cielo come silenziosa preghiera. È davvero grande la foresta invernale; andando con le racchette da neve o con gli sci leggeri ti sembra di essere sospeso nell'aria perché il suolo è sotto tutta quella neve e lí ci sono muschi e licheni, pianticelle, arboscelli, cespugli, e la vita di coleotteri, imenotteri, aracnidi, lombrichi, roditori che continua e aspetta la primavera per manifestarsi. Nel silenzio e nel leggero frusciare degli sci potresti, improvviso e lontano, udire il tambureggiare del raro picchio nero sul tronco di un antico peccio malandato: non tambureggia sovente, ma quando lo fa si sente a grande distanza per la forza che ci mette.

Era una mattina di febbraio, fredda sí, ma anche tanto luminosa, e la neve, nei luoghi in ombra, da sera a mattina aumentava sotto forma di cristalli. – Andiamo a sciare? – chiese la ragazza al nonno.

A lui venne davvero la lusinga, anche se a piú di ottant'anni sarebbe potuto diventare pericoloso.

Andarono. Dapprima il vecchio fu persino incerto nell'infilare il piede nell'attacco dello sci per agganciare la scarpa. Dopo pochi passi quasi voleva ritornare a casa perché sentiva che le gambe non rispondevano allo sforzo; i muscoli, quando voleva accelerare il passo, gli dolevano e aumentò la spinta con la cadenza delle braccia. Ricordò una frase che aveva scritto a matita su un pezzo di carta e che il giorno prima aveva ritrovato in soffitta, tra le pagine di un libro, rimettendo ordine. Diceva: *È il senso del limite che ti fa prendere contatto con la realtà*. Da dove l'aveva ricopiata? Forse dal *De senectute* di Bobbio? Era proprio il suo caso. Ma era bella la mattina e cara la nipote. Proseguirono. – Sei bravo, nonno, – diceva la ragazzina.

La bella pista andava per il pascolo delle malghe, saliva leggermente, scendeva dolcemente e lui si abbandonava sperando di non cadere. I muscoli delle spalle e delle braccia incominciarono a dolergli. In discesa cercava anche di rallentare la velocità allargando gli sci a spazzaneve o passando nella neve intatta, e quasi, dentro di sé, si vergognava pensando che un tempo lo consideravano uno spericolato nelle discese dentro i boschi, e prendeva in giro chi era incerto a seguirlo.

La bambina sciava leggera, divertendosi e forse anche ammirata di quel vecchio. Su un dosso la pista costeggiava due pecci secolari, isolati, incappucciati di neve e scuri nel candore luminoso. Al loro avvicinarsi qualcosa di rosso e nero, ondosamente, volò verso la foresta vicina. Non era l'urogallo.

Quando raggiunsero i due alberi, ai piedi dei grossi tronchi dove le folte chiome avevano protetto il suolo dalla neve, videro che il terreno era stato scavato fino a denudare un formicaio dove il grande picchio nero era volato a trovarsi il cibo per far fronte al duro e lungo inverno.

Il vecchio guardava la ragazza che con un bastoncino da sci frugava curiosa tra la terra nera e ricordò di avere letto da qualche parte che il *Dryocopus martius*, appunto il picchio nero, secondo il mito era Pico, re italico figlio di Saturno, trasformato in picchio dalla maga Circe perché aveva disprezzato le sue profferte amorose. Ogni tanto batte fortissimo sui tronchi degli alberi, e piange sí che poi viene la pioggia.

– È raro questo picchio, – disse il vecchio alla bambina. – Ma sono contento nel vederlo ancora nei nostri boschi: è un buon indice di salute. Anche per te, ricordatelo.

Ripresero la pista con slancio. Il vecchio ricordava che da ragazzo, in un meriggio durante il riposo, aveva sentito battere il picchio nero e che i boscaioli avevano detto: «Senti come martella. Chiama la pioggia». Prima di sera venne un forte temporale. Dalla notte dei tempi fino a qui era arrivato il mito?

Se cosí andando nel silenzio dell'inverno dovessi vedere sotto gli alberi i covi dei caprioli, fermati a osservare le tracce e cerca di allontanarti con discrezione da quel luogo che loro hanno scelto per svernare: uno spostamento potrebbe metterli in crisi alimentare; loro sanno perché erano lí e se osservi lentamente e con calma vedi allora che, se anche sotto la neve, sono riusciti a discoprire le pianticelle di mirtillo di cui cibarsi. All'inizio dell'inverno si erano formati i nuclei famigliari: femmine madri, giovani, femmine non maturate e piccoli dell'anno; di solito è la femmina anziana che sceglie il posto per svernare, o che ritorna al «solito posto» e che guida e regola la vita del gruppo. I maschi non svolgono compiti di particolare importanza e ogni tanto gironzolano nei dintorni.

Il Lager 12A/60 non era un posto per caprioli. L'alto recinto di reticolati e la neve lo isolavano dal bosco. I prigionieri lí rinchiusi venivano scortati a lavorare nella miniera di ferro, a gironi su una montagna. No, non era un posto per caprioli. Eppure, nell'ultimo inverno di guerra, c'era lí dentro anche una femmina di capriolo. L'aveva portata il caporale Hara, un boemo che comandava le sciolte, forse salvata dai segugi dei vecchi cacciatori di Oberort che nel tardo autunno arrivavano a cacciare nei boschi attorno al Passo del Präblich.

Non c'era erba tra baracca e baracca ma solo neve calpestata, anche il bosco era carico di neve e a volte la tormenta faceva suonare i reticolati. Il cambio dei turni in miniera in questa stagione veniva solo di notte: prima dell'alba e dopo il tramonto del sole.

Gretel, cosí l'aveva chiamata il caporale Hara, la piccola femmina di capriolo, lí dentro il Lager 60, succursale sulla montagna del 12A, aveva trovato un luogo sicuro dove passare l'inverno. I soldati di guardia ai prigionieri italiani – prima dell'8 settembre 1943 c'erano i prigionieri belgi – erano tutti vecchi richiamati austriaci, reduci della guerra del 1914, meno atti ai servizi del fronte, e vecchi rispetto a noi. Stanchi di Hitler come il Lagerkommandant, un ingegnere viennese che faceva il suo servizio con rassegnazione.

La Gretel si abituò presto al Lager, a lei il caporale Hara procurava un po' di fieno dai contadini del Fondenberg, qualche mela vizza, foglie di rapa o di cavolo che si faceva mettere da parte nella cucina del Lager. Anche lei prigioniera in attesa della primavera.

Per i prigionieri era tanta la fame e i pacchi dall'Italia non arrivavano piú. Hara diceva che era colpa degli inglesi che bombardavano le ferrovie. La *Firma Alpina*, che aveva la gestione della miniera, e doveva consegnare giornalmente un certo quantitativo di minerale, aggiungeva un po' di pane e di patate alla magrissima razione che passava il Terzo Reich ai prigionieri italiani, traditori e badogliani.

Fame, freddo e tormenta di neve sui gradoni della miniera a cielo aperto dell'Eisenberg e una sera, dopo il rientro in baracca, un prigioniero disse: – In uno di questi giorni di neve prendo la Gretel e ce la mangiamo. So come fare e anche come far sparire ogni traccia.

Se ne stavano tutti zitti, stanchi e infreddoliti davanti alla stufa che dava poco calore con quel carbone che erano riusciti a rubare nelle baracche sulla miniera.

– No, – disse uno, – non dobbiamo ridurci a questo. Lasciamola vivere perché ci dà un po' di gioia vederla qui intorno. In primavera la manderemo via nel suo bosco perché anche per noi verrà la libertà. Il vecchio Meister mi ha detto oggi che i soldati russi sono arrivati ai confini della Germania.

Stavano zitti e la stufa riscaldava quel poco che poteva. A quello che aveva parlato per ultimo gli era venuto il ricordo della favola di Hansel e Gretel che gli raccontava sua madre, quando, bambino, lo metteva a letto.

Anche i cervi maschi vanno d'inverno per conto loro, lasciando le madri alle giovani femmine e ai nati dell'anno i posti migliori. I maschi adulti manifestano la tendenza a isolarsi quando, a fine febbraio o nella prima quindicina di marzo, perdono i palchi: non amano farsi vedere senza il simbolo della loro regalità.

È dopo una grande nevicata di febbraio che l'inverno mostra le sofferenze dei caprioli e dei cervi; molte volte non riescono a spostarsi nemmeno di poche centinaia di metri per ricercare il cibo; allora stanno riuniti in branco dove il bosco è piú fitto in attesa che finisca il maltempo. I caprioli mordono e divorano il verde dell'abete fino a ridurre in stecchi i rami che fuoriescono dalla neve; i cervi strappano con i denti le cortecce anche da alberi adulti: abeti, pecci, saliconi, faggi. Per loro e pure per il bosco diventa una sofferenza: gli animali piú deboli muoiono e gli alberi straziati a primavera non germogliano.

Fu un inverno di una decina di anni fa che due giovani caprioli vennero a ripararsi accosto al muro della casa dove abito; erano ammalati e smagriti, forse cacciati dal piccolo branco proprio perché in quelle condizioni. Durante il giorno si allontanavano di poco e una notte uno venne a dormire sotto la finestra della nostra camera, l'altro sotto le arnie delle api. Cercavo di tenerli in vita con carote, foglie di verza e bucce di mele, ma non serví. Di uno trovai pochi resti sulla neve, dove le volpi lo avevano trascinato e dilaniato, l'altro qualche giorno dopo sul sentiero dov'era stato sbranato dai cani randagi.

Fu orribile quell'inverno del 1943 tra le montagne della Bosnia: la fame, il freddo, le crudeltà della guerra rendevano amarissima la vita. In nessun altro luogo della Terra era cosí amaro vivere perché alla carestia si aggiungeva l'efferatezza degli umani che tutti, in natura, superano nel male. Sí, era tanto freddo che i corvi si congelavano volando su nel cielo per poi cadere stecchiti al suolo. Certuni dicevano questo. Invece era perché avendo beccato un chicco di mais posato sul fondo di un cono di carta spalmato internamente di vischio e infisso nella neve, questo restava appiccicato al capo dell'uccello rendendolo orbo. Il corvo, preso dalla notte improvvisa, volava via terrorizzato salendo come impazzito a strette spirali su e su finché, sfinito, precipitava morto al suolo. Dove veniva raccolto per essere mangiato.

Era una caccia impietosa e i corvi, che mai erano stati cacciati per essere cibo agli uomini perché ritenuti immondi per quello che mangiano sui letamai e sulle carogne di altri animali, venivano lessati e spolpati. La guerra aveva portato la fame e la fame a questo.

In quel tempo, tra montagne aspre e impervie, dove la neve sulle ali del vento vorticava tra le case bruciate dei villaggi, era avvenuto uno scontro violento e breve tra un piccolo plotone di alpini in esplorazione e una banda di partigiani. Il campo era rimasto ai partigiani con quattro alpini prigionieri. Sulla neve calpestata e insanguinata erano restati i morti. Un partigiano passò con la rivoltella per finire con il colpo di grazia gli alpini feriti. Si fermarono a recuperare quanto poteva essere loro utile: scarpe, giacche, armi, viveri. Fecero in fretta, e dopo costrinsero i quattro alpini a portare su barelle improvvisate con rami e teli da tenda i loro due feriti...

Salirono per la montagna dove il vento scuoteva i cespugli e vorticava la neve. Pareva di sentire l'ululato dei lupi. Valicarono e scesero in una valle boscosa. Ora andavano con piú calma e sicurezza e in una radura si fermarono a mangiare quanto avevano trovato negli zaini degli alpini. Bevettero anche un sorso di rakia senza nulla dare ai barellieri.

Ripresero un sentiero sopra un precipizio, giú nella valle si sentiva scrosciare l'acqua e stava salendo la sera. La fila incominciava ad allungarsi, ad avere dei vuoti tra i partigiani in testa, le barelle e i due armati in coda. Da tempo un partigiano ferito rantolava e si lamentava. I due che venivano ultimi si erano fermati a una giravolta del sentiero. L'alpino che dietro portava la barella disse sottovoce al compagno: – Questo sta per morire e io non ce la faccio piú –. Aggiunse qualcosa e, insieme, urlando, girarono la barella verso l'abisso.

Subito vennero gli altri e videro la barella vuota. I due alpini fecero capire che il ferito si era agitato e improvvisamente si era precipitato dalle rocce, giú nel fiume.

– Andateci anche voi, – disse uno, e mentre li spingeva sparò al volo con il fucile automatico.

A dicembre, dopo le prime nevicate nel secondo giorno di sole, esco a fare un cerchio di qualche chilometro nel bosco vicino per capire e leggere sulla neve che cosa è rimasto alla chiusura della caccia: lepri, caprioli, volpi; hanno i loro sentieri di avvicinamento e le tracce di ricerca.

Sul finire dell'inverno, a marzo, quando invece di giorno la neve si ammolla e di notte gela, sí da fare corazza e portare il passo senza sprofondare, il bosco che preannuncia la primavera diventa odoroso, bello e favoloso. Cammini alla sommità degli alberi giovani e ti trovi a guardare gli apici all'altezza degli occhi, come un uccello o uno scoiattolo.

Già le gemme si gonfiano; sotto gli alberi piú alti e folti la neve già si è sciolta perché loro accolgono e trattengono il calore del sole. Puoi osservare i morsi dei caprioli sui mirtilli e le loro fatte non piú secche e grigie ma morbide e scure; senti anche il richiamo delle cesene in volo verso i paesi del Nordeuropa. Pure i crocieri, *Loxia curvirostra*, sono particolarmente vivaci nel richiamarsi ondeggiando il volo da bosco in bosco.

La cinciarella aveva trovato il suo cibo dentro una galla sul cespuglio di rosa canina. Il freddo era intenso, non volavano insetti, dal suolo non uscivano vermetti. Ma lei, per suo istinto, sapeva che dentro la galla qualcosa le avrebbe consentito di vivere ancora un giorno. Uova di insetto, larve...

Ve la ricordate quella canzone scritta da Italo Calvino, *Dove vola l'avvoltoio*? Mentre componeva quei versi certamente pensava a quando era il ragazzo Pin nel *Sentiero dei nidi di ragno*. L'avvoltoio volava alto in cerca di carogne per cibarsi e, in quel tempo, verso la fine della seconda guerra mondiale, le carogne erano proprio tante su tutta la superficie della Terra. «Avvoltoio vola via, | vola via dalla terra mia | che è la terra dell'amor | ...», ci faceva cantare Calvino; poi scrisse anche *Ultimo viene il corvo*, dove accanto a storie divertenti di animali accadono pure allucinanti avventure. Ma queste sono divagazioni letterarie che mi vengono alla memoria leggendo ora la notizia che non molto lontano da qui hanno avvistato un grifone e vedendo dalla mia finestra uno stormo di corvi volare portati dal vento tra turbinii di neve.

Domenica scorsa in una contrada non lontana da Belluno, appollaiato alto sopra un larice un bel grifone adulto si era fermato per ore a osservare il paesaggio. Certamente veniva da lontano perché il suo areale, dicono gli ornitologi, è ora limitato all'Europa meridionale, Turchia, Africa nordorientale e Asia. Le sue abitudini sono stanziali ma anche erratiche, tanto che qualche volta si fa vedere nelle Isole Britanniche, Danimarca e Finlandia. Una decina di anni fa un amico guardacaccia mi raccontava della presenza di avvoltoi nelle montagne tra la Valle dell'Isarco e la Valle Pusteria, ai confini con l'Austria.

Il *Gypaetus barbatus* è dell'ordine dei Falconiformi, famiglia degli Accipitridi. Piú che rapaci o veri predatori, questi grandi uccelli sono consumatori di resti di animali che trovano morti. L'avvoltoio degli agnelli ha anche l'uso di alzarsi in volo con nel becco le ossa lunghe delle carogne per poi farle cadere dall'alto sulle rocce al fine di romperle e cibarsi cosí delle midolla. Il loro becco è molto robusto e adunco, colore del corno; mentre le zampe non hanno artigli come le aquile; questo non consente loro di afferrare una preda ma di bene camminare sul terreno. Per queste ragioni preferiscono i terreni aperti e le montagne dove è piú facile vedere il cibo con la loro acutissima vista. Lunghi piú di un metro, hanno il capo e il collo ricoperti da piccole morbide e setose piume bianche, e dove il collo si unisce al corpo hanno un collare leggero e vaporoso di lunghe piume colore isabellino: questa è la parte piú graziosa del loro vestito che per il resto è di colore fulvo, con la corta e larga coda e le remiganti delle ali piú scure. Depongono un solo uovo nel pieno dell'inverno che covano per piú di cinquanta giorni (è con lo scioglimento delle nevi che è piú facile per loro trovare il cibo per il nidiaceo).

È veramente maestoso il volo del grifone; le sue ampie e lunghe ali, che superano i due metri di apertura, gli consentono di veleggiare per molto tempo senza muovere penna. Le ore calde del giorno con le correnti ascensionali lo fanno salire a grandi altezze e da lassú scrutare un ampio territorio alla ricerca di un possibile pasto. Alcuni asseriscono anche che il grifone possiede pure un olfatto finissimo e che questo unito alla vista gli fa trovare le carogne degli animali selvatici.

Favole e leggende raccontano di grossi animali e persino di bambini portati via in volo da avvoltoi grifoni e aquile. Sono belle fantasie: solo le aquile riescono a predare un piccolo di capriolo, di camoscio, un agnello, una marmotta; una poiana può predare un tetraonide o un lepre.

Sulle Alpi orientali, oltre alla miasi che colpisce il capriolo (mediamente si manifesta verso la fine della primavera e la causa è un dittero che si sviluppa da uovo a larva nell'apparato respiratorio), da un paio d'anni si è anche riscontrata la ben piú grave rogna sarcoptica che contamina il camoscio; tanto che i veterinari sono dell'idea di far uccidere e bruciare tutti gli animali colpiti da questa malattia. Saranno le carogne di caprioli e camosci ad attirare i grifoni? Potrebbe ben darsi questa ipotesi: in natura le cose avvengono in conseguenza di altre.

Il grifone dell'altro giorno sarà venuto in esplorazione. Uno solo non è però indicativo, piú di tanto non ha possibilità di sopravvivenza perché dei naturalisti molto esperti assicurano che la ricerca del cibo richiede l'opera di piú individui i quali si tengono d'occhio l'uno con l'altro. È per questo che sono costretti a vivere in gruppi, e la loro presenza assolve anche il prezioso compito di spazzini dell'ambiente perché eliminano pericolose fonti di infezioni.

Insomma, come al seguito di caprioli, camosci, cervi, dopo anni che mancavano sono state segnalate le linci, sono ricomparsi gli orsi, e le aquile si sono diffuse con l'espandersi delle marmotte, è da supporre che il grifone avvistato sia venuto in avanscoperta per esplorare il territorio.

Se voli via, avvoltoio grifone fulvo, fallo per guidare fin qui un gruppo di tuoi consimili. Cercheremo di non molestarvi nella vostra opera di spazzini, come non molestiamo linci, orsi, aquile e, quando ritorneranno, i lupi.

Un giorno nevoso di febbraio fece la sua apparizione il gufo delle nevi. Che cosa lo aveva portato cosí lontano dalla tundra artica? Carestia di lemming? Una forte bufera? Lo vidi volare come un bianco fantasma silenzioso tra gli alberi carichi di neve. Sul principio lo vidi come una creazione della mia mente, ma dovetti ricredermi quando scoprii sulla neve i segni certi della sua presenza e due settimane dopo alcuni uomini della contrada mi dissero di un grande uccello bianco che volava alto verso nord.

Sapevo di questo cacciatore di lemming, ma mai mi era accaduto di vederlo fra le nostre montagne. Sí, nei pressi delle abitazioni, quando nelle foreste siberiane è particolarmente freddo e tanta la neve, capita di osservare l'arrivo e la sosta d'insoliti visitatori come i *Bombycilla garrulus*, i beccofrusoni: sugli alberi di sorbo stanno immobili come fiori colorati, ogni tanto becchettando i rossi frutti cosí anche la neve degli orti lí sotto si colora di rosso. Sono uccelli non spaventati perché nei loro luoghi non conoscono la cattiveria degli umani.

Un giorno, camminando verso la primavera in arrivo, giunsi all'orlo di una radura illuminata dal primo sole; la neve vecchia era ricoperta da due dita di neve fresca e per naturale curiosità mi avvicinai per leggere su quella pagina bianca. Era un luogo particolare per stagione, condizioni di bosco – un bosco giovane verso valle, uno maturo verso la montagna – e sentieri che convergevano. C'era stato traffico di animali selvatici verso quel mattino: lessi due lepri che avevano danzato, il passaggio di un capriolo, l'attraversamento di una volpe, le impronte di un francolino di monte, e le belle, nitide tracce delle zampe dell'urogallo e delle sue ali sulla neve: era stato lui, con il suo primo *tooc*, che aveva chiamato il sole della primavera. Fu ingenua la mia felicità?

Il breve tepore del meriggio invernale, accolto dallo scuro abete, ha fatto sciogliere la neve che aveva sulla testa, ma poi l'aria fredda del pomeriggio ha fatto pure congelare il lieve gocciolamento lungo le sue braccia. La terra, ai suoi piedi, ha già forse sentito un lontano segno di primavera?

L'acqua di neve ha già sciolto la crosta di ghiaccio che copriva il torrente che ora non è piú immobile. Le tracce di una volpe dicono che stanotte è venuta a bere l'acqua novella. Tra pochi giorni il torrente sarà tutto libero e, lungo le rive, spunterà il farfaraccio – il cibo dell'orso al suo risveglio – per indicare prossima la primavera.

Primavera

La partenza avveniva nel mese di marzo, quando il disgelo aveva liberato i passi che nelle nostre montagne erano come porte verso i paesi dell'Europa centrale. Andavano a piedi, con gli arnesi del mestiere dentro un sacco appeso alle spalle con due pezzi di corda, o sulla carriola che spingevano con l'indispensabile. Cosí i nostri montanari si avviavano verso la Prussia, l'Austria o la Boemia a lavorare in cambio di marchi o corone che davano poi la possibilità di svernare in famiglia.

Lungo i percorsi che di anno in anno venivano tramandati ai piú giovani, avevano i loro luoghi di sosta cadenzati a giornate di cammino; dormivano nelle stalle o nei fienili dei contadini che offrivano ospitalità gratuita. Ricambiavano con qualche lavoretto.

Chi poteva, a Trento, dal 1867, saliva sul treno dopo aver acquistato il biglietto secondo le possibilità del portamonete. Come passaporto, tutti avevano in tasca il certificato di battesimo. Per la lingua si arrangiavano, e bene, con l'antico linguaggio che ancora si parlava tra queste montagne; chi arrivava in Boemia o nel Wuppertal aveva maggiore probabilità di guadagno, o di scegliere il lavoro che piú gli si confaceva.

Ancora oggi, non certo tra i giovani, è ricordata una

frase di questi migranti stagionali. Uno che era ritornato a casa dopo otto mesi di lavoro, a chi gli chiedeva dove quell'anno si era fermato, aveva risposto: «Sono stato tre marchi al di là di Ulm».

Spiegò che giunto in una stazione e ritrovandosi ancora in tasca tre marchi, li aveva spesi tutti per un biglietto che lo portasse il piú possibile verso l'interno, perché, aveva pensato, lí certamente era minore la concorrenza degli stagionali e meglio poteva scegliere.

Tre marchi al di là di Ulm per molti anni volle dire andare lontano, verso un qualsiasi luogo per bene lavorare e piú guadagnare.

A fine marzo, nelle ore piú calde del mattino, la maestra Elisa invitava Matteo ad aprire le finestre e la primavera arrivava gonfiando le tende come vele di nave. Dentro l'aula giungevano l'odore della terra e del letame sui prati, il canto delle allodole, i passi di un cavallo, il rumore del carro.

Ma quando finisce l'inverno? È una domanda che nei giorni di fine marzo mi sento fare dai giovani, o anche dai vecchi che conservano poca memoria. Sí, nevica, di notte andiamo abbondantemente sotto lo zero e in casa accendiamo il fuoco nelle stufe. È però sufficiente un giorno di sole e i prati ritornano verdi poiché la terra è in amore. La primavera è sempre bianco-verde; se non è per la neve, come da noi, è per i fiori dei ciliegi sulle colline ai piedi delle montagne. Come in Giappone sulle pendici del Fuji-San: bianco di neve, verde di alberi e bianco per i fiori dei ciliegi. Solo che lí fanno una grande festa dove tutti, grandi e piccini, ricchi e poveri, s'inchinano al ritorno della buona stagione.

Una rondine non fa primavera ma due upupe innamorate, due leprotti in un cespuglio, una cutrettola che corre sulla strada, due scoiattoli che si arrampicano tra i rami di un abete, sí. Se poi avvistiamo un rumoroso calabrone, una farfalla che si chiama *Arcia*, un lombrico, se sentiamo il canto di un cardellino, è primavera anche se il giorno dopo nevica.

Certo, sopra i millecinquecento metri di neve ce n'è piú di un metro, ma pure lí, sulle rive al sole, gocciola dalle rocce. Nelle sere di fine marzo, quando spero di sentire il richiamo del gufo, resto in ascolto dopo il tramonto. E al mattino, quando incontro due ragazzi che vanno a fare sci alpinismo, auguro buona giornata con tanta nostalgia e li guardo camminare con invidia: è che l'età non mi concede di andare con loro e mi devo accontentare, ma sí: felicitare, di una passeggiata prima di mettermi al lavoro. E poi il bosco è bellissimo in questa stagione perché si possono leggere tutte quelle cose che in altre stagioni non è possibile leggere.

Sensi e fantasia ti aiutano a scoprire la primavera del bosco, che è misteriosa, segreta, viva.

Erano le allodole le prime creature a indicare il cambiamento di stagione, ossia la fine dell'inverno. Il ripasso delle cesene, la partenza dei beccofrusoni dicevano sí che la primavera poteva essere vicina ma la neve copriva ancora in gran parte il terreno.

Le prime allodole arrivavano quando il sole nella sua risalita rendeva libere dalla neve le rive esposte a sud. Un mattino sentivi un brivido percorrere le membra, vedevi uno svolare sopra la proda e dopo il trillo gioioso dell'allodola mattiniera. Era un attimo di felicità. Ma da dove arrivava questo intenso sentimento? Da quale remotissima mattina del mondo? Era bello quel giorno, era bella tutta la terra, era buona la gente.

Ora, dopo non molti decenni, da noi non arrivano piú, o se arrivano sono cosí rare che la loro presenza provoca incredulo stupore e non si rinnova il brivido delle nostre lontane primavere. O non cosí. Non arrivano perché non ci sono piú i campi arati? Dove sono ora, in quali montagne, i seminativi di segale e di frumento? E gli azzurri campi di lino? Ma non solo per questo, è perché l'uso di pesticidi nelle culture intensive ha fatto piú sterminio che l'uso di un milione di fucili. Anche nelle lontane pianure dell'Est non le ho sentite cantare. Mi si dice che ancora ci sono nei Paesi sottosviluppati. L'allodola primaverile è un dono di Dio per i poveri?

Le rondini arrivano sempre dopo di loro e prima delle rondini giungono da lontano le ballerine bianche, i fringuelli, i merli di bosco. A risvegliare il tasso è il canto del fringuello? Il tasso esce magro dalla sua tana puzzolente – a noi puzzolente! – per scrutare i dintorni e annusare l'aria per sentire cosa c'è di cambiato. Certo, molto è cambiato e il primo odore della primavera si sente per pochi giorni all'anno; quello dei licheni, muschi, germogli, fiori verrà dopo. Intanto lui annusa e guarda e resta in attesa della sera per uscire alla ricerca di qualche nido di vespe sfuggito al suo saccheggio autunnale.

Dove la neve, sciogliendosi, ha imbibito il bosco, ecco il piú evidente segnale del risveglio vegetale: il fiore bianco e grasso del farfaraccio bianco, o *Petasites albus*. Si racconta che per gli orsi al risveglio primaverile è il primo cibo; forse questo fiore polposo ha per loro delle qualità speciali. Qualche volta viene pure a me la tentazione di mangiarlo.

Non sempre al 21 di marzo arrivano le rondini, ormai sono poche anche loro, ma di certo è una grande data perché la durata del giorno e della notte è uguale in ogni punto della Terra: potrebbe essere un'idea per affratellare tutti gli uomini almeno in quel giorno.

Qualche notte il termometro scende sotto lo zero e il terreno dell'orto è ancora gelato nel profondo, anche se i segnali sono chiari: in qualche solivo i crochi imbiancano i prati e le api raccolgono polline da crochi e da amenti di salicone; il nettare lo trovano sulle eriche che rosseggiano ai bordi dei boschi. È dolce e alacre il brusio del loro volo: un invito anche per noi a lasciare le poste invernali e uscire all'aria di marzo.

Da ragazzi si giocava sempre, in ogni stagione e tanto. Ogni tempo e ogni stagione avevano i loro giochi ma era l'aprile che ci faceva scatenare nelle sere che allungavano il tramonto, e quando le campane suonavano l'ora di notte le madri o le zie ci chiamavano in casa per andare a dormire. E che dormire! Come ci mettevamo a letto, cosí ci trovavamo al mattino, dopo quasi dodici ore filate.

Era sempre nel corso di questo mese che ci accorgevamo che nei giochi c'erano pure le ragazze e che, per qualche misteriosa ragione, erano diverse da noi. Ma che corse, che salti oltre gli steccati degli orti e dei cortili nel giocare a libera, a bandiera, a rincorrerci; e poi che gare di corsa nei giri attorno ai gruppi delle case; c'erano il giro del Paradiso, che era un albergo, il giro dell'asilo, il giro delle scuole. Molte volte si andava nel Prà del Duri. Quel Prà del Duri era prato nostro, della brigata, dove sentivamo la primavera arrivare con il disgelo, e il vicino torrente, il Ghelpach, si gonfiava d'acqua e noi ci si entrava scalzi a risalire la corrente fino alla prima e alla seconda cascata.

Aprile era, è, un mese ricolmo di buoni segnali. Ma perché ora non vi sono piú quelle file di nidi di rondine sotto gli sporti delle case e sopra le porte delle stalle? Anche le allodole riempivano di trilli il cielo arioso sopra la dolce collina dove nel pomeriggio lasciavamo andare gli aquiloni.

Per il giorno di San Marco c'era l'immancabile arrivo dei rondoni. Mio nonno ai primi di aprile mi faceva scrivere una cartolina postale *Al Capo dei Rondoni Neri. | Alessandria d'Egitto. Africa*: L'inverno è passato e non c'è piú neve. La stagione è buona e come sempre abbiamo per voi il tetto e la soffitta. Vi aspettiamo. Mario e nonno Toni.

Andavo di volata a imbucare la cartolina, non nella buca delle lettere della piazza, ma in quella delle Regie Poste. E la nostra cartolina davvero arrivava laggiú, lontano lontano, perché dopo una quindicina di giorni ritornava la risposta, una cartolina con immagini e francobolli strani, ma non guardavo da che paese arrivasse: *A nonno Toni e Mario* | *Via Ortigara* | ITALIA: Cari amici, da noi l'inverno è stato buono ma ora fa molto caldo. Arriveremo alla solita data. Arrivederci. Il Capo dei Rondoni Neri.

Alla sera del 24 aprile osservavo attentamente il cielo per scoprire per primo la pattuglia di rondoni che veniva in avanscoperta. Erano due o tre e quando li vedevo solcare il cielo sopra la nostra casa, correvo dal nonno per dargli l'annuncio.

Il nonno, in quelle sere, era sempre seduto al solito posto al tavolino del caffè Regina Margherita a bere la sua birra e fumare il suo Virginia. Gli gridavo correndo: – Sono arrivati! Sono arrivati! – Lui mi faceva tirare il fiato, bere un piccolo sorso dal suo bicchiere: – Eccoli lí in alto! Guarda, nonno, come volano veloci!

– Sí, sí. Li ho visti anch'io. Sono sempre di parola. Domani arriveranno tutti gli altri. Questi adesso ritorneranno giú a Padova per riferire che il tempo è bello –. E mi regalava una caramella al miele.

Veramente l'indomani, giorno di San Marco, il cielo si riempiva dei loro voli e delle loro strida. Qualche volta sospendevo il gioco per osservarli assieme al nonno fare il loro, non simile bensí identico al nostro di ragazzi sulla piazza del Mercato: – Nonno, che siano loro che hanno imparato da noi?

– No, – rispondeva, – siamo noi che abbiamo imparato da loro.

Questo è il gioco dei rondoni: un gruppo insegue un altro e quando un rondone inseguito, staccandosi e virando, riesce a tagliare lo spazio tra i due gruppi, le parti si invertono e gli inseguitori diventano inseguiti. Noi questo correre sulle strade attorno alla piazzetta lo chiamavamo *taglia*. Ma che bello sarebbe stato averlo potuto fare in cielo.

Il giorno di San Marco è favoloso e unico anche perché in un vicino paese da tempo immemorabile si fa la Sagra dei Cucchi, nella quale i ragazzi donano alle ragazze i fischietti di terracotta, riservandone uno speciale alla ragazza speciale. Sono doni che verranno ricambiati alla vigilia dell'Ascensione con uova colorate con le erbe della primavera. Alla Sagra si andava a piedi non per la strada ma per un vecchio sentiero delimitato da tavole di pietra, dove un tempo passavano le greggi che risalivano alla montagna, e i prati intorno erano bianchi non di neve ma di luminosi crochi, e c'era nell'aria odore di letame e di terra arata per accogliere l'avena e le patate da semina. Dai boschi arrivavano i canti dei cuculi, che, come dice un nostro proverbio, arrivano sempre anche loro a San Marco a risvegliare il bosco: Ben ne der kuko kuket | plühnt de stämme | un bear lebet lange | borliat de zenneö: Quando il cuculo canta fioriscono le ceppaie e chi vive a lungo perde i denti.

Sembrava, ma sembra ancora oggi in un certo senso, che il risveglio della terra, dei prati, del bosco, i voli e i canti degli uccelli con i rinnovati colori, il dolce ronzio delle laboriose api, tutto questo, venisse trasferito nei volti, nelle voci, nei vestiti delle ragazze e dei ragazzi attorno alle giostre, davanti alle bancarelle dei dolci pepati e dello zucchero filato, in quei fantastici e variopinti cucchi il cui suono riempiva l'aria della Sagra.

A questi ricordi aprilanti di giochi, di rondoni, di nonno Toni, di prati bianchi di crochi, di ragazze, di sagre, di cuculi devo pure aggiungere che sempre in questo gioioso mese hanno avuto fine le mie tragiche esperienze di guerra; cosí era stato in Albania, cosí in Russia per due volte, cosí in Germania nel 1945. Aprile è sempre stato il mese che dava inizio al mio ritorno a baita. Che tu sia benedetto.

Se la prima neve che senti scendere in una notte di novembre è un invito a raccogliersi nei ricordi o nella lettura, la prima pioggia d'aprile che ascolti battere sul tetto ti dà ristoro e distensione, ritrovi un amabile sonno e poi, al mattino, il desiderio di andare, di uscire fuori a camminare in libertà e senza una meta perché la primavera non ha confini. Magari vorresti rincorrerla verso il Nord con quella coppia di cicogne che avevano sostato qualche giorno sugli stagni dei pascoli e sono volate via salutando noi che restiamo.

È subito dopo questa pioggia che i prati rinverdiscono e al mattino li vedi nuovi e lavati dall'inverno, ed è quest'erba nuova che i caprioli aspettano da dodici mesi. Non li disturba la pioggerellina, anzi si può dire che la amano: sono i temporali, le grandinate, gli acquazzoni che li spingono al riparo dentro il bosco. Escono sui loro pascoli nelle ultime ore del pomeriggio. I maschi hanno già formate le corna e le puliscono dal *velluto* strofinandole o lottando con i rami dei cespugli o contro le giovani piante di conifere. I piú belli e vigorosi incominciano a imporre la loro superiorità agli altri maschi e a marcare il territorio spargendo l'odore della loro orina o delle ghiandole raspando e scorticando. Le femmine sciolgono il rapporto con i figli; i giovani maschi si accompagnano agli altri maschi, le femmine giovani alle madri. Sui loro pascoli serali si potrà osservare con discrezione le famigliole: discosti i giovani maschi dell'anno che qualche volta giocano dandosi testate mentre il maschio adulto osserva indifferente dal bordo del bosco.

I merli riprendono possesso dei loro vecchi nidi attorno alle contrade; non sono domestici come i merli di città, certamente sanno che qui girano volpi e falchi; di sera, dalla cima degli alberi, mandano il loro saluto al sole che tramonta e all'alba lo salutano al ritorno. I tordi fanno i nidi dove nel bosco s'incrociano i sentieri, non lo costruiscono sugli alberi vecchi ma a tre quarti d'altezza di quelli fronzuti, dove è difficile scorgerli. Quando il maschio nel crepuscolo canta per la sua compagna, la voce è come di un flauto melodioso. Ma lo fa discosto dal suo nido per non svelarlo; tutti i selvatici lo stanno ad ascoltare.

Come li aspettavo i segnali della primavera. Se li aspettavo! Era di novembre la prima neve e non avevo fatto in tempo a riporre in cantina i cavoli e le verze, le carote e i sedani. Recuperai qualcosa ripulendo e ghiacciandomi le mani. Sotto la neve rimasero anche le due panche e il tavolo di rovere accanto all'orto e accostati al bosco dove, nella buona stagione, accolgo gli ospiti e qualche volta mangio all'aperto. La neve venne improvvisa e gli uccelli di passo fuggirono via o cambiarono strada. Allora spostai la mangiatoia per i miei vicini stanziali e da sotto il tiglio, che d'inverno resta nudo e poco ripara, la fissai ai rami bassi di un vecchio peccio. Dondolava a ogni spirar di vento ma gli scoiattoli, i soliti due, presero subito dimestichezza; sembrava anzi si divertissero: scendevano lesti per la corda e facevano altalena. Venivano all'alba; dalla finestra del bagno vedevo muoversi i rami, franare la neve e poi apparire i due saltellanti folletti; agili e sicuri come io settant'anni fa scendevo a corda doppia in palestra di roccia. Ogni mattina, prendono un pezzo di pane secco o una crosta di formaggio, risalgono sul tettuccio e lassú, seduti, fanno colazione. È piacevole osservarli; è il mio spettacolo del mattino. Si sono anche abituati alla nostra presenza. Con la neve e il freddo venivano pure gli ospiti aligeri: cince dal ciuffo, pettirossi litigiosi, lucherini ansiosi di costruirsi il nido, peppole, fringuelli. Tutti coabitanti coraggiosi di questo sito. Un giorno andai dal venditore di sementi a comperare miscele per granivori e per insettivori. Tutti mangiavano tutto.

È primavera ma di neve ce n'è ancora. Le peppole sono volate via; anche gli organetti con il loro vivace richiamo. Sono invece arrivati i merli e un'altra coppia di scoiattoli. I due stabili hanno fatto fatica ad accoglierli; sul principio li cacciavano e li inseguivano dentro il bosco. Poi si sono abituati e credo si avvicinassero a mangiare in ore diverse. Dopo aver passato il periodo piú brutto sono ritornati al loro sito. Ora che i prati rinverdiscono, ho visto un mattino il loro piccolo figlio scendere agilissimo nella mangiatoia.

La famiglia delle volpi ha la tana un chilometro da qui, nello scavo di una trincea della Grande Guerra.

L'avevo scoperta un autunno, andando a funghi, per l'odore che emanava. Per loro riservo i resti della mia cucina: colli di gallina, brandelli di grasso, le budella del cotechino, le ossa per il brodo. Mangiano tutto!

È stato lungo e freddo l'inverno passato; ho visto pochi anziani in giro; nemmeno nelle ore pomeridiane perché il termometro raramente saliva un poco sopra lo zero. Ma ieri, ultimo giorno di marzo, ho davvero visto la primavera! Non quella del Botticelli, ma quella mia, piú povera, piú terrestre: una rondine che sfrecciava sopra un letamaio nel prato ancora in parte innevato. Certamente nel suo volo rasente inghiottiva moscerini. A sera poi, durante la passeggiata che regolarmente eseguo per ordine di un medico intelligente, ho osservato, tra bosco e prato, sul cimale degli alberi, distanziati, due coppie di rapaci che, quando volarono, capii sparvieri. Certamente avevano ripreso le loro vie del cielo partendo dal Sud, o dalla Tracia, o dall'Atlante. Stavano immobili sul cimale dei pecci scrutando i prati in attesa di un'arvicola o di una allodola, o di un orbettino al risveglio. Forse, trovato il loro posto, si fermeranno nelle nostre montagne; ma a coppie distanziate, sui pascoli delle malghe.

Anche l'usignolo dovrebbe essere arrivato da molto lontano sugli aspri dirupi della Val Frenzela e della Val Gàdena; lo chiedo a un amico che abita da quelle parti: «Lo hai ascoltato?» Mi assicura che è arrivato e in queste notti di luna piena lo sentono cantare fino all'alba. In quelle solitudini il suo canto è solo per amore.

Non si finisce mai di scoprire i segnali della primavera: sul prato qui davanti che da due settimane si è liberato dalla neve il contadino ha sparso il letame e come aligeri folletti due upupe sono uscite dal bosco; corrono con il loro ciuffetto rossastro orlato di nero a becchettare i lombrichi e tutti gli insetti che trovano, svolazzano sul letame come farfalle variopinte.

A marzo i cervi avevano lasciato cadere le superbe corna, ma già ad aprile spuntano i nuovi steli che ricrescono con forza ricoperti dal *velluto*. Il cervo è un ungulato socievole e l'unità base del branco è la madre che in primavera ha con sé il piccolo dell'anno precedente e la figlia di quindici mesi. Le femmine si raggruppano cosí tra di loro e le piú anziane sono di guida. I maschi si spostano con piú facilità e hanno territori di pascolo e sosta piú vasti; di notte vagabondano alla ricerca di germogli dei suffrutici e di erba novella.

Camminava assorto e lento lungo il margine del bosco. Da lontano si sentiva arrivare un rumore come di carri sull'acciottolato, ora lontano ora piú vicino, secondo da dove spirava l'aria. Anche gli zoccoli sull'orlo della strada avevano un rumore diverso se calpestavano ghiaia o erba. Camminava.

Era stato tra gli ultimi ad abbandonare il Lager; questo non per sua volontà. Non era dipeso da lui perché si era ritrovato nella baracca degli ammalati, *Krankenbaracke*; i comandanti e le sentinelle erano spariti perché i soldati russi sembravano avvicinarsi. Anche i prigionieri, a gruppi, erano andati via. I soldati russi tardavano ad arrivare, avevano altre cose per la testa e lui, appena gli parve di aver ripreso un po' di forza, andò alle cucine. Non c'era piú nessuno e racimolò qualcosa: pezzi di pane rosicchiati dai topi, mezzo chilo di crauti, cavoli; nascosti dentro una cassa appartata un pezzo di margarina e uno di formaggio. Mise quanto poteva in una borsa a tracolla, che gli sembrava francese, e si avviò verso occidente.

Camminò prima attraverso un grande prato, sull'erba, per raggiungere il bosco che gli era lontanissimo. Tra l'erba distinse delle foglie di tarassaco e si chinò a raccoglierle per mangiarle. Erano amare e fresche. Le foglie di pastinaca erano invece dolci, quelle di cumino saporite e un po' forti. Ma avevano il sapore della primavera, come quelle sui prati dell'infanzia.

Camminando alzò un'allodola e, finalmente, raggiunse il bosco. Il sole aveva passato lo zenit. Sospirò profondo; «Ora, – pensava, – posso camminare piú tranquillo». Prese un sentiero; sentí cantare un cuculo; anche un fringuello. Camminava camminava, camminava come gli raccontavano nelle favole. Ogni tanto masticava e inghiottiva germogli di crespino, di lamponi, gemme di faggio. Si sedette anche a riposare in una radura tra i mirtilli e scelse e si portò alla bocca i teneri germogli che gli ricordavano il sapore del frutto. Non erano rape acide dentro la gamella!

Uscito dal bosco trovò la strada sulla quale ora andava. Avrebbe voluto anche dormire sotto un albero, sugli aghi secchi e profumati dei pini. Respirare profondo. Solo. Camminava e guardava i suoi piedi al bordo della strada.

Sentí venirgli incontro un rumore di automezzi e si fermò. Immobile. Gli passarono accanto degli strani veicoli con su dei soldati. Uno gli gridò: – Okay! – e gli gettarono qualcosa.

Raccolse quando passarono via. Erano sigarette ma non aveva fiammiferi; erano scatole metalliche che forse contenevano zuppe, o formaggio, o chissà che, ma non aveva niente con cui poterle aprire. Mise tutto nella borsa che aveva a tracolla e riprese a camminare. Nel crepuscolo risentí il canto del cuculo; si stese sotto un pino; osservò un leprotto al pascolo e si addormentò.

Già qualche macchia bruna è comparsa anche verso le montagne piú alte, e là dove il vento ha spazzato via la neve e dove il sole fa sentire di piú i suoi raggi si stanno preparando le arene di canto per i galli di monte. I primi germogli che avidamente hanno cercato e il sole hanno stimolato l'istinto amoroso; la loro veste è diventata piú lucente, i colori piú brillanti e piú evidenti le caruncole rosse sopra gli occhi. Già isolatamente hanno incominciato a fare sentire i loro segnali: sono come dei soffi. Si avvicinano al *balz* per le lotte di supremazia.

I luoghi del *balz*, delle contese e dell'accoppiamento amoroso, sono sempre quelli da tempo immemorabile ma possono alle volte cambiare se cambia la vegetazione arborea. Di solito è un luogo aperto baciato dal primo sole, predominante nel paesaggio e da dove il canto di sfida si possa udire a distanza: è da lí che il re di quella montagna lancia il suo invito a battersi agli altri galli che hanno accolto il segnale. Gli adulti si avvicinano con baldanza, i giovani se ne stanno discosti come spettatori a vedere e ascoltare per apprendere l'arte di quella lotta rusticana.

I rivali escono dai mughi, scendono dai larici, osservano, lanciano qualche soffio di sfida, si avvicinano camminando o svolazzano verso il grande rivale che per primo ha preso possesso del *balz* e ora stende le ali e le abbassa sino a strisciarle sul terreno, spalanca e alza la coda, la rovescia verso il dorso, fa vedere le piume bianche del sottocoda per esaltare riflessi e contrasti; fa alcuni passi, raspa il terreno con forti unghiate, gira in breve cerchio, il collo alto e la testa protesa hanno un fremito, spalanca il becco e ruglia con voce inimitabile come a dire: «Andate via, non vedete: sono io il padrone».

I rivali piú forti escono in aperta sfida, non solo come esibizione di parata ma anche di lotta con colpi di zampa, di ali e di becco. Alcuni insistono a contendere, altri si ritirano e volano via a cercare altre arene.

Le femmine che avevano ascoltato i richiami e sono arrivate in silenzio escono svolazzando dai mughi o dagli ontani; i maschi le sentono presenti e allora i rimasti aumentano le esibizioni che diventano bizzarre e vivaci e i suoni si fanno confusi e pazzi i movimenti della danza. A questi non possono resistere, escono sul *balz*, si negano, si concedono tra sbattere di ali e voli di piume.

Quando sui solivi fioriscono i larici in amenti gialli e rosso vivo è quello il tempo del *Tetrao urogallus*, il nostro cedrone; re della foresta, ancor piú del cervo, che incomincia a lanciare il suo *tooc tooc* ancora prima che si annunci l'alba. «Lo spirito della notte che chiama il giorno», dice un poeta russo. È lui che nella primavera chiama il sole per tutti i viventi, lui che ci dice di essere ancora qui e di aver superato l'inverno.

Ha messo la livrea piú bella e su un ramo nudo o tra il cimale di un abete delimita il suo *balz*. Dapprima è sospettoso, vuole essere tranquillo nella sua dimostrazione amorosa. *Tooc tooc*; ogni tanto fa degli intervalli e ascolta e gode il lento ritorno della luce. Quando incomincia a rischiarare riprende il suo verso con piú insistenza; tronca il canto con un *tooc* piú forte e poi chiude la strofa con un gorgoglio come un trillo. Questi primi segnali di richiami amorosi sembrano deboli al nostro udito non abituato ad ascoltare le voci della natura, ma non per le sue femmine, e per chi sa distinguere nel silenzio della montagna pure da molto lontano.

Loro volano nel brivido antelucano, si avvicinano silenziose ma lui le sente anche se lo osservano nascoste. Lui, il grande re, plana dal ramo e nella rischiarata radura si dimostra in tutta la sua forte bellezza: gonfia le piume, raddrizza il capo, fa la «rodena» rugliando al cielo, allarga le ali segnando il terreno, apre la coda che il primo sole rende cangiante nei riflessi e il suo canto, che diventa simile al suono della cote sulla falce, riempie l'universo. È cosí la sua danza d'amore, alla quale le sue femmine non possono resistere: e allora escono sul *balz*, poi fuggono veloci e si nascondono; lui riprende l'irresistibile richiamo, ritornano... Cosí per piú volte: vola sull'albero, ritorna a terra, canta, danza, ama.

Il Bosco di Mezzo, Mittelwald, era vasto e bello: un libro da leggere sulla vita vegetale e animale che si rinnova nei millenni. L'albero, anche se può vivere piú di un secolo, è breve cosa nella vita della foresta: abeti densi di verde e d'argento, pecci alti come colonne con i rami rastremati lungo il tronco dal peso della neve di tanti inverni, larici feriti dal fulmine hanno vite personali, ma l'insieme è millenario.

Un anno, dopo il tempo degli amori, passò la guerra. Era di maggio. Già le femmine degli urogalli avevano deposto le uova nel sottobosco tra i mirtilli e i rododendri. I larici erano già fioriti e il polline del bosco, come polvere dorata, si adagiava sugli arbusti. Allora tre fortissimi bagliori seguiti da tre violentissime esplosioni fecero tremare la terra e squassare gli alberi.

Le femmine si acquattarono ancora di piú sui nidi, quasi volessero penetrare nelle radici. Giunsero molte altre bombe, poi spari di fucile e di mitragliatrici; grida e vampate violarono quel bosco e i nidi furono abbandonati.

Erano volati via tutti gli uccelli, fuggirono gli ultimi cervi e i caprioli. Anche le altre poste di rifugio erano diventate pericolose e gli animali selvatici vagarono qua e là per altri luoghi disgraziati finché trovarono un po' di quiete sui versanti a nord delle montagne, impervi e freddi, dove la guerra non arrivava. Non arrivava nemmeno il sole e il cibo era duro e amaro.

Le pernici bianche, *Lagopus mutus*, ad aprile hanno sciolto il branco e le coppie volano a cercare il loro posto a levante, un erto spiazzo erboso tra germogli di artemisia e stelle alpine, o un pianoro tra le rocce. Stanno cambiando l'abito invernale, il piumaggio bianco cade lentamente e il capo, il dorso, la coda si coprono di bruno-fulvo; nel maschio rimangono nere le caudali e la caruncola rosso-carminio sopra l'occhio accentua il colore; è l'abito nuziale. La coppia prende possesso del territorio scelto in comune accordo e lo difende, pascola assieme, cerca insetti e germogli ai margini del nevaio che si ritira; insieme vigila ed è rapida a scomparire mimetizzandosi all'apparire dell'ombra dell'aquila o al guizzo dell'ermellino.

A maggio il corteggiamento è breve e sobrio: il maschio inarca le ali e le striscia sulla neve, alza la coda, esegue salti verso l'alto sbattendo le ali, emette suoni gutturali. La femmina si accuccia al suolo, cammina muovendo la testa dal basso verso l'alto come segno di assenso chiocciando piano. Anche lassú in alto è arrivata la primavera.

In Francia non avevo ancora visitato la famosa Reggia di Versailles e nel mio ultimo viaggio a Parigi in occasione della Fiera del Libro, espressi questo desiderio alla mia traduttrice che lí ha trascorso buona parte della sua vita tra studi e insegnamento. Lei, subito pratica e decisionista, pensò di telefonare ai Servizi del Palazzo Reale. Fortuna volle che a dirigere i ricevimenti e i rapporti con i visitatori fosse una signora fiorentina sposata a un funzionario addetto alla conservazione e, il caso, che fossero anche miei lettori. Cosí la brava e solerte traduttrice, il nome di un ministro che ebbi occasione d'incontrare come suo ospite in Savoia e la signora fiorentina accasata a Parigi, mi favorirono una visita veramente privilegiata.

Nell'attesa del giorno fissato non volli approfondire con letture quel poco che sapevo della Reggia di Versailles. Sí, un tempo era stata casa di caccia per i re a poche ore di carrozza da Parigi; poi un Luigi, il XIII, la fece castello dentro una esclusiva riserva di daini, cervi e cinghiali; un altro Luigi, il XIV, la trasformò in maestosa e sfarzosa Reggia e il piú grande monarca di quel tempo vi trasferí la sua Corte. Ma anche qui per sempre finí un'epoca con l'arresto e poi la decapitazione a Parigi di Luigi XVI, il 21 gennaio del 1793.

Per la nostra visita si prese accordo per un tardo pomeriggio di una di quelle belle sere di primavera con lunghi crepuscoli. Quando alle ore 17 ebbe fine la fila dei tanti turisti dalle molte lingue, la signora fiorentina con un grande mazzo di grandi chiavi e dopo aver parlato con i guardiani che finivano il loro turno, divenne per noi maestra e guida.

Eravamo in quattro: la mia traduttrice, un poeta francese traduttore di Montale, mia moglie e io. C'era silenzio, tanto spazio rinchiuso tra grandi tele di pittori, stucchi, statue, sfarzo di arredamento nei vari stili luigini, specchi, cristalli, cappelle, sale, camere, saloni, gabinetti, salotti, armature preziose; pochi i libri. Ricordavo un film documento di Roberto Rossellini: *La presa del potere di Luigi XIV*, ma anche *I tre moschettieri* che avevo letto settant'anni prima. La nostra guida di stirpe fiorentina parlava sottovoce e senza enfasi, non era meno gentile e signorile di una regina di Francia: c'illustrava senza ripetersi le cose piú essenziali e il resto lo lasciava alla nostra fantasia. Ogni tanto mi affacciavo a una finestra della Reggia per guardare in silenzio e popolare di personaggi i cortili e l'immenso parco.

Arrivammo alla Galleria degli Specchi; la luce del lungo tramonto, il parco che si ammirava dalle ampie vetrate e dove lo sguardo si perdeva tra fontane e giuochi d'acqua, i viali alberati, i boschi con fogliame di vaghi colori, e le siepi, le statue, i tempietti, i vivai, le aiuole, il Grande Trianon e il Piccolo Trianon dove c'era anche l'Hameau de la Reine, ancora laghetti e fioriture fin dove l'orizzonte diventava una foresta che sfumava, l'assoluta assenza di parvenza umana e solo vita animale, i voli degli uccelli prima del tramonto, tutto questo dava un senso d'irrealtà, e tutto assorbivo di quanto quel primaverile momento mi donava.

Lasciai proseguire la piccola brigata e mi attardai in retroguardia della storia. Nella Storia? No, per godere da solo quel momento che sentivo irripetibile, che forse nemmeno i Luigi di Francia avevano saputo assaporare. Sotto il mio passo il grande pavimento leggerissimamente oscillava; no, non oscillava: era come se respirasse quel tramonto, e sentii che per la mia presenza i cristalli dei grandi lampadari appesi al soffitto, lassú, vibravano un leggerissimo tintinnio. Breve zirlio del cristallo?

Gli specchi allargavano all'infinito la luce del parco sulle immagini che riflettevano.

Raggiunsi la nostra piccola brigata: andammo per gallerie con ampie finestre e a mano a mano che proseguivamo la visita, la nostra guida si attardava a chiudere le imposte perché si faceva sera e la Reggia doveva restare nella notte. Mi offersi di eseguire io quel compito.

Ad una ad una: guardavo, ascoltavo, chiudevo le imposte e le grandi finestre: la sera scendeva su Versailles, dentro le mura restava un mondo finito per sempre e che mai piú ritornerà; e io provavo una sensazione che mai prima avevo sentito e che mai piú proverò.

È difficile da dire. No, non erano i fantasmi di re o di complotti o di avventure amorose, di rivoluzioni. Non certo paure. Pensavo piuttosto alla serenità dei semplici, ai pastori su una montagna in una sera come questa; al giuoco dei ragazzi sulla piazza di un paese. A tanti ragazzi e ragazze che si rincorrevano in una sera come questa in un parco cosí bello e immenso come questo di Versailles. L'avranno mai fatto i figli dei re? Ricordavo un racconto di Oscar Wilde dove tanti anni fa leggevo di ragazzi, di un parco, di un gigante cattivo diventato buono e di un Natale.

Passavo e chiudevo i battenti su tanta bellezza vuota e l'ombra della sera entrava con la luce della luna nella Galleria degli Specchi, la notte nella Galleria delle Battaglie.

Si andava in silenzio verso un'ultima porta. La signora, la padrona con il grande mazzo di grandi chiavi, richiuse l'ultima porta della Reggia; ripose le chiavi nel suo ufficio e ci trovammo sul terrazzo marmoreo prospiciente il parco. Era silenzio, la luna piena si era alzata sopra la foresta. Venne l'ultimo canto di una capinera a salutare la sera e quello di un gufo a salutare la luna. Quindi ombre di voli silenziosi sopra i giuochi d'acqua delle fontane e dei laghetti; i profumi di tanti fiori e di tanti alberi. Leggere brezze come sospiri provocati dalle ali dei rapaci notturni. Dovemmo allontanarci da quel luogo perché alle ventun e trenta era programmato un incontro in una libreria di Versailles dove sarebbe intervenuto l'amico ministro e ci avviammo verso l'uscita.

La sorpresa fu che il cancello principale era chiuso e anche quelli secondari; le abitazioni dei custodi erano tutte al di là del recinto e nell'uscire dalla Reggia la nostra signora che ci accompagnava aveva innescato l'allarme. Per aprire questi cancelli non aveva le chiavi. Gettammo, allora, dei sassolini sulle finestre di una casetta che stava al di là e dove c'era una luce. Nessuno rispondeva, forse avevano accesa la televisione, o forse erano fuori a cena. Già pensavo che sarebbe stato bellissimo passeggiare per il parco tutta la notte fino all'alba e al tramonto della luna: voli e voci di uccelli notturni, sussurri di acque, profumi della notte che poi esplodevano sul farsi del giorno; canti di uccelli diurni a salutare il mattino... poi i custodi sarebbero arrivati per riaprire i cancelli.

L'amico poeta traduttore di Montale si dimostrava preoccupato, la mia traduttrice ancora di piú perché pensava alla gente e al ministro che ci aspettavano in libreria: il tempo era già trascorso! Dissi loro che, al peggio, avrei scavalcato un cancello e sarei andato da qualcuno per farli uscire. Non vollero e mi sentii vecchio. Poi un cancello si aprí perché la nostra guida, dopo vari tentativi, era riuscita con il telefono portatile a mettersi in comunicazione con il marito il quale provvide a farci uscire. Peccato!

Ora mi è diventato faticoso anche coltivare l'orto; ma non voglio smettere e continuerò a farlo finché sarò capace di restare in piedi. Non lo faccio per risparmiare, ma perché la mia verdura ha un sapore raro. Sarà perché la terra del mio orto ha origine da humus da bosco? O perché la arricchisco con letame a ogni inizio di primavera? O perché questo terreno, reso cosí fertile, riposa per quasi cinque mesi sotto la neve? Infine uso il mio lavoro e il resto lo fanno il sole e l'acqua piovana. Per l'erba invadente adopero la zappetta, le mani per i bruchi e le limacce. Le cavolaie le allontano con i gusci delle uova infilati su uno stecco.

Quando ero bambino il vecchio Piero mi raccontava che le uova sono magiche. Una primavera di moltissimi secoli fa, quando l'Astal era il letto di un grande ghiacciaio, avevano fatto scappare Groa, la strega che turbava il sonno dei bambini. Sulla pietra di un focolare del villaggio le mamme avevano raccolto centinaia di uova e Groa, quando le vide, scappò via per sempre oltre le montagne gridando: «Sono tanto vecchia da aver visto l'Astal per tre volte coperta dal fiume di ghiaccio ma non ho mai visto cosí tante uova!»

Avevo incominciato presto a lavorare l'orto della bisnonna materna; avevo otto o nove anni. Era nel 1929 o nel 1930. Il fratello piú giovane del nonno, a causa della grande crisi, era ritornato dagli Stati Uniti e si era messo a dissodare un vecchio orto che nel maggio del 1916 era stato abbandonato alla guerra quando tutti furono costretti a riparare in pianura. Sotto le radici delle ortiche e della gramigna trovammo una terra nera e soffice; ma anche cartucce, una bomba inesplosa, pallette di piombo e non facemmo il debbio. – Qui sotto ci sono brutte bestie, – diceva lo zio.

Scopersi pure una moneta di rame del valore di due centesimi, con l'immagine di Vittorio Emanuele II e la data del 1864. Allora comandava ancora Francesco Giuseppe.

Come lavorammo quella primavera del 1930, lui vecchio e io ragazzo. Levammo le ortiche, la gramigna e le scorie della guerra; quest'ultime vendute al *recupero materiali* fruttarono a lui un pacchetto di tabacco per la pipa, a me un cartoccio di ciliegie.

La terra venne bella soffice e nera e lo zio ogni tanto ne prendeva una brancata per annusarla. Forse, nella sua memoria voleva confrontarla con quella americana del suo orto nel Wisconsin. Seminammo tanti ravanelli che, chissà per quale ragione, particolarmente gli piacevano; e poi carote, spinaci, verze, radicchi e piselli. Lavoravamo con passione; le codirosse venivano a becchettare sulla terra nera i vermetti rosei e grassi; dovemmo anche proteggere con rami di peccio i piselli che stavano per nascere perché i colombi volevano mangiarceli. Mi fece pure rimettere le radici di rafano che avevamo strappato: – Queste in America si chiamano *horseradish*, – mi spiegava. – Vuol dire radici di cavallo –. Ma da noi il *cren* è buono grattato e messo nell'aceto; buono con il cotechino e la polenta, dà companatico.

Alla sera eravamo stanchi tutti e due; e quando Titta, il vecchio campanaro, faceva suonare la campana

Maria, odorosi di terra e di erbe selvatiche andavamo a cena con buona volontà.

Eravamo tutti, vecchi e ragazzi, donne e ragazze, dentro la primavera e non lo sapevamo. Dopo cena si usciva sulle strade a giocare ed erano tantissimi i giochi; alcuni esclusivi per noi, altri con le ragazze. Era divertente cacciare con il fazzoletto le bianche farfalle che a centinaia scendevano come neve dai due pioppi canadesi che mio nonno aveva fatto piantare nell'orto davanti la casa, dopo che questa era stata ricostruita sulle miserie della guerra.

Venne anche il tempo che i miei dissero che dopo avere raccolto i sassi dal prato della villa potevo dare una mano a spargere il letame. Era un lavoro piú faticoso della fienagione perché con il tridente, dopo aver fatto dei mucchietti a giusta distanza, bisognava battere il letame e romperlo e sparpagliarlo in piccoli grumi affinché venisse bene assimilato dal prato e la falce che rasava l'erba potesse correre libera senza intoppi.

Era la primavera del 1936 e ancora ricordo il respiro affannoso e pesante, e il rantolo, al di là della parete che divideva la sua camera dalla mia. Non riuscivo a dormire.

Una settimana prima, affacciandomi alla porta della sua stanza, mi aveva chiamato con un cenno. Era dolorosissimo il suo male: un cancro che dalla lingua era sceso nella gola. Quando i professori di Padova dissero che era il cancro dei fumatori, che aveva fumato troppi Virginia e troppo la pipa, non poterono far piú nulla. A niente erano serviti gli aghi con il radio infissi in gola. Una sospensione del dolore l'aveva con le iniezioni di morfina che il nostro medico condotto – aveva fatto la guerra con gli alpini – prescriveva senza problemi di coscienza.

Quel giorno la radio che aveva sul comodino trasmetteva sommessamente un'aria, forse dal *Rigoletto* di Verdi, autore che sommamente amava e che un tempo suonava in *a solo* con la sua tromba in si bemolle. Con un cenno mi chiamò vicino al letto, alzò la sua mano e prese la mia. Non disse niente ma i suoi occhi erano pieni di lacrime. Dopo poco mi fece cenno di uscire. Fu il suo addio a un ragazzo che affrontava la vita.

Al suo funerale venne tanta gente, anche dai paesi vicini. La banda cittadina suonava il *Requiem* di Verdi e a guidare il carro funebre, tirato da due cavalli bardati di giallo e di nero, c'era l'Eugenio, nostro vecchio famiglio, immobile e severo.

Quando, dopo quarant'anni, quello che restava del suo corpo venne riesumato, mio padre mi incaricò di assistere al trasloco nel loculo accanto a quello della nonna.

I due operai del Comune che stavano eseguendo l'operazione erano rispettosi e silenziosi, e il piú anziano alla fine del lavoro mi disse: – Ricordo tuo nonno quando, con la fascia tricolore, prima della Grande Guerra, celebrò il mio matrimonio. Era molto alto e bello. Hai visto che ossa lunghe aveva?

Anche quando condussero al Cimitero mia madre era una giornata smagliante di primavera: verdi e fioriti i prati, alte nel cielo cantavano le allodole e quattro guardacaccia in divisa portavano la bara. Sulla sua tomba, finché posso, coltivo rose, porcellane o viole: i fiori che amava. Ero stato, dei figli, quello che piú l'aveva fatta penare perché di tutti quello che piú era nei pericoli della guerra e della montagna.

Fare una passeggiata per il Cimitero in un giorno di primavera non è greve; è invece ritrovare memorie e dolce malinconia. Non memorie cattive o fastidiose, o sensi di rabbia, o di rammarico per eventuali torti subiti, ma nomi e immagini di parenti, amici, coetanei, conoscenti, compaesani, e risalire le storie anche lontane nel tempo per averle sentite raccontare, o lette. Ogni volta mi ripeto che conosco piú le persone che sono qui che non quelle che vivono nel paese.

In primavera è persino bello passare delle ore camminando lentamente nel nostro Cimitero; anche se i nostri antenati sono sotto la pavimentazione della piazza antistante la chiesa; e gli avi dietro l'abside, sulla collina, ora Parco della Rimembranza. Questi nostri trapassati li conoscevo solo per memoria ereditata da chi la conservava. Ma questo, ora, a chi importa? Solo a un vecchio smemorato come sto per diventare?

Saluto la maestra Elisa che m'insegnò a leggere e a scrivere, don Giovanni che m'insegnava la grammatica e a far di conto, il bisavolo avvocato e patriota nel 1848; il grande nonno Toni, naturalmente, e la nonna Neni che prima di morire mi sorrise e mi fece ciao; lo zio medico che amava scherzare con me e che da bambino mi curò dal vino che mi facevano bere di nascosto i famigli; don Antonio, lo zio del nonno, che tutte le prebende della sua ricca parrocchia donava ai poveri e morí senza camicia.

Naturalmente anche mio padre accanto a mia madre, e i fratelli che mi hanno preceduto. Ma quanti amici! Compagni di scuola e di giuochi, e ragazze con le quali cacciavo le farfalle; la guardia comunale che ci faceva correre quando eravamo troppo invadenti sulle strade. Campioni di sci, recuperanti di materiale bellico uccisi dalle bombe che volevano rivendere, boscaioli, contadini, muratori, scalpellini, negozianti, artigiani e via via, fila dopo fila, campo dopo campo, tanti compaesani che avevo conosciuto vecchi quando ero ragazzo: nati sotto Francesco Giuseppe e morti sotto Vittorio Emanuele. Come una *Spoon River*. Quelli che non conosco portano cognomi che non sono nostri; arrivati qui con le guerre, o dopo, per ragioni che non so.

I merli fanno i nidi sugli alberi intorno al Cimitero e in questa stagione arrivano sempre anche i cuculi. Loro annunciano la primavera pure ai defunti, mi viene da dire; ma questo si sa non è possibile perché loro non hanno contatto con questo mondo. Mi fa piacere pensarlo. Anche per voi sia primavera. Fioriscano le vostre tombe.

A maggio c'era ancora la neve sui pascoli alti; eppure sulle rive a sud ecco apparire le soldanelle e il grasso tarassaco ansioso di buttare fuori dal cuore il suo fiore giallo, festa per le api; e la nigritella bucare l'ultimo velo per rallegrare il volo della pernice bianca.

Toni dei Nichel ha fretta di ritornare dove i galli forcelli fanno la parata d'amore e le marmotte escono dalle tane. Per il primo mercoledí di giugno, quando risalirà con la mandria, l'erba sarà d'un verde intenso e tenero, e i recinti riparati, e preparata la scorta di legna secca. Lassú c'era sempre stata un po' di vita anche nell'inverno: qualche escursionista solitario dal Rifugio Larici; arvicole che lasciavano sulla neve la loro lieve traccia; qualche camoscio; cince nei giorni di sole. Saranno la sua mandria, i suoi tre segugi, sua sorella, i due operai rumeni ma soprattutto lui, con il suo accurato lavoro, che animeranno questa montagna che per quasi sei mesi all'anno è coperta di neve. Come in quella fotografia che qualcuno ha ripreso da un aeroplano di passaggio: tutto è bianco e soltanto le ombre stanno a indicare ciò che è nascosto. Si vede anche il silenzio e con l'immaginazione si può ascoltare la voce sommessa e pacata di Toni che ci dice: – ... ehh, piano piano andrà via pure la neve e in primavera crescerà l'erba...

Il formaggio con il latte di fiori e l'erba di giugno è, per me, il piú buono, e questo Toni lo sa; anche il butirro è giallo, di un bel giallo che accompagna il sapore della provenienza. Ora, per disposizioni della Cee, in malga devono osservare le rigorose leggi igieniche e Toni con i suoi aiutanti ben le rispetta: le caldaie e i recipienti per il latte e la panna sono pulitissimi, gli arnesi per la lavorazione sono tersi e con un buon odore, non di detersivi, ma di fumo di resinose che sosta nel luogo della trasformazione. Nemmeno si vedono volare le mosche perché c'è una controporta a difesa dagli insetti. Anche le sue vacche su questi pascoli sono in buona salute.

Un giorno di fine primavera ero quassú seduto davanti alla casara godendomi il quieto pomeriggio. Arrivò un fuoristrada del Servizio sanitario della Regione. Scesero due persone e si guardarono intorno, forse erano un medico e un veterinario; entrarono. Parlarono con Toni e prelevarono dei campioni di latte, di burro e di formaggio. Prima di ripartire si sedettero con me sulla panca: – È bella questa malga, – mi dissero, – e Toni è molto bravo. – I suoi, – risposi, – sono stati malghesi da secoli. Fin da bambino qui ho bevuto latte appena munto, mangiato panna e burro intingendo con un dito e non mi è mai venuto il maldipancia.

Un Ente per la conservazione e lo studio delle razze bovine, due o tre anni fa, gli consegnò per un controllo alcuni capi di una razza diventata rara e ora quasi estinta: era la *burlina*, predominante tra i nostri contadini. Al tempo del fascismo, agli inizi degli anni Trenta, la Confederazione Provinciale Fascista Allevatori voleva eliminarla per sostituirla con la *swit*, o bruna alpina. Da noi, come ho raccontato in altra occasione, ci fu lotta per mantenerla perché considerata resistente alle malattie, parca e rustica nel mangiare, forte nelle intemperie e longeva. Quindi ottima per le nostre esigenze. Ora sopravvive in alcune stalle disperse nel Massiccio del Grappa e si cerca di recuperarla anche come testimonianza di alpeggio tradizionale. Certamente è meno produttiva, ma nel rapporto consumo erba - qualità di latte supera le altre razze selezionate. Toni aveva avuto incarico di lavorare a parte il latte munto da questa mandrietta e, nella visita di ieri, mi ha voluto donare un chilo di questo formaggio stagionato per venti mesi: ho scoperto il sapore che mi ha riportato all'infanzia. Forse la maggior parte delle persone non saprebbe distinguerlo da un altro formaggio di malga o di alpeggio, ma è come un gran cru di un barolo o di un brunello. È il miracolo della primavera in montagna, di certi pascoli, di certe vacche, di certi casari. È come il vino di certe vigne delle Langhe o di Montalcino.

... dopo tanti inverni è davvero bella la primavera in montagna e piú passano gli anni e piú l'ammiro e la godo. Da ragazzo la vivevo e basta; la primavera era con noi, come noi, quando si giocava a gara con la natura. Era primavera, la si viveva e basta.

Il bosco prende colori pastello e il refolo che scende dalle vette ancora innevate dice che domani sarà una bella giornata, e ti sfiora un brivido che solo l'alta poesia sa donare: la sottile e melodica voce del *Turdus philomelos* che la mitologia dice essere il lamento di Filomela violentata dal cognato Tereo, re di Tracia, e, in seguito, dal dolore trasformata in uccello. *Grive musicienne* lo chiamano i francesi, *Song Thrush* gli inglesi e *Singdrossel* i tedeschi; in ogni lingua ha la musica a distinguerlo, e veramente hanno ragione a dare questo nome al solitario delle albe e dei tramonti primaverili. La sua voce si espande in un susseguirsi di frasi musicali e d'un tratto ti accorgi che tutti gli abitanti della foresta lo stanno ad ascoltare. Solo nelle pause e quando l'aria s'imbruna potrai sentire il campanellino del pettirosso o il suono lontano delle campane a compiéta.

... Camminavamo un giorno tra gli ulivi, alti sopra il mare di Liguria; improvvisamente Francesco Biamonti mi chiese: – Lo senti ancora lo zirlio del tordo?

– Sí, se l'aria è calma e il bosco silenzioso, lo sento ancora.

– Anche quello del sassello? Sono quasi ultrasuoni e io non riesco piú a sentirli.

– Forse, Francesco, fumi troppo.

Ora anch'io non sento lo zirlio, ma solo il canto, e ieri sera mi è venuto il ricordo del caro amico.

Estate

Quando si era ragazzi pareva che con lo sciogliersi della neve fosse già arrivata l'estate e alla sera, dopo aver tanto giocato lungo il torrente con l'acqua del disgelo, ci si coricava stanchi e accaldati. Godendo il fresco delle lenzuola si piombava in un sonno ristoratore che durava dieci ore. Che bel dormire! Senza affanni, senza dolori, senza sogni. Se cosí è la morte, non è brutto morire. Ma maggio non è ancora estate, e da noi molte volte nemmeno primavera perché una nevicata può imbiancare il verde nuovo dei prati.

Anche le sere di luglio erano accaldate, non solo per il tanto giocare; qualche volta il taglio dell'erba essiccava dal mattino alla sera, il suo profumo restava nell'aria e accompagnava i nostri giochi.

In quelle sere lasciavo aperta la finestra della camera sopra il tetto del portico; entrava l'odore aspro del fieno che fermentava nei fienili e appariva la luna, grande, sul tetto della stalla, da dove sentivo venire il battere degli zoccoli dei cavalli. I pipistrelli entravano e uscivano dalla luce lunare. Era bello guardare il cielo, sentire il profumo dell'estate e pensare a quella bambina con la quale avevi giocato sul prato, saltando i mucchi di fieno allineati nel tramonto del sole che allungava le ombre. Erano davvero belle le sere di luglio.

Dalla finestra aperta arrivava il suono della cornetta che Gigi della Nina suonava in *a solo* per prepararsi al concerto domenicale della banda cittadina. Nel letto affiancato al mio dormiva il fratello del nonno, ritornato dai confini con il Canada, dove l'avevano eletto capovillaggio. Nelle sere di luna mi raccomandava: «Tieni la bocca chiusa perché la luna potrebbe cavarti i denti. Cosí mi dicevano gli indiani».

Erano belle le sere estive con la luna sopra i tetti. Quando Gigi smetteva di suonare con la cornetta le parti tenorili di qualche opera di Verdi, mi pareva di sentire le stelle e invece erano i grilli sui prati. Allora le voci del paese e della natura intorno, gli odori, i rumori, le nuvole e le luci avevano chiaro riferimento con la vita e seguivano le stagioni dei nostri giuochi e del lavoro degli uomini.

Quando si rientrava per la cena dopo aver raccolto il fieno sui carri, mio padre o lo zio Mosè ci aiutavano a salirci sopra e da lassú guardavamo tutt'intorno, stupiti, e quando passavamo sotto la volta degli ippocastani strappavamo i fiori per vedere le api che raccoglievano il nettare. Non ci pungevano quando erano intente al loro lavoro.

A metà luglio tutto il fieno era stato raccolto dai prati e riposto nei fienili, o accumulato nei pressi delle case o nei luoghi accessibili con le slitte, a cupole gotiche attorno a un palo, e postato secondo certe regole date dall'esperienza. Allora, con pochi amici appassionati a questo genere di gioco impegnativo, andavamo alla ricerca dei nidi di calabroni.

Ora so che questi insetti fanno parte della grande famiglia degli Imenotteri, la piú popolosa della Terra, e che formano società che non finiscono mai di stupirci per come sono organizzate. Osservando le mie api, anche aiutandole nelle crisi delle passate stagioni, molte volte mi chiedevo: «Quando da insetti singoli sono diventati società? Per quale fenomeno naturale? Forse i filosofi materialisti hanno osservato fino dall'antichità le società degli insetti?»

Seguivamo i bordi dei prati lungo i recinti delle tavole di pietra – le *Stoonplatte* – e con un piede battevamo sul terreno metro per metro, tendendo l'orecchio, e se localizzavamo cosí il brusio dei calabroni sotto il muschio o un grumo di erba secca, mettevamo per segnale un sasso o un bastoncino e si proseguiva nella ricerca. Nelle ore calde del giorno dopo andavamo a controllarne il volo per riconoscere il tipo e la consistenza della famiglia. C'erano famiglie di fulvi, di grigi, di neri, di neri con il culo giallo, di rossigni. I meno aggressivi erano i grigi, buoni erano pure i neri, piú difficili e infidi i rossigni.

Alla sera, quando imbruniva, Nino e io si andava a raccogliere i nidi prescelti. Portavamo con noi una vanghetta da trincea usata dai soldati nella Grande Guerra, un fiasco d'acqua e un paio di fazzoletti che usavano le donne di casa per coprirsi il capo. Con l'acqua spruzzavamo ben bene attorno al covo dei calabroni per far loro credere che stesse piovendo, e restassero quieti; con la vanghetta e in fretta tagliavamo tutt'intorno la zolla e poi, destramente e con precisione, stendevamo il fazzoletto sopra il nido e con le mani, avvolgendolo, sgraffignavamo il tutto.

Erano rarissime le volte che l'operazione non riusciva; allora bisognava scappare in fretta per non essere aggrediti e punti sul viso e sulle mani. Ma a questo avevamo fatto l'abitudine.

Cosí, raccolto lo sciame dei calabroni, ritornati a casa aspettavamo che venisse buio e in casette di legno da noi preparate o anche in scatole di cartone (andavano bene quelle per scarpe ma pochi, allora, comperavano scarpe in scatola), con decisione e destrezza svuotavamo il contenuto del fazzoletto. Finito il nostro lavoro appoggiavamo l'orecchio a una parete per sentire il brusio, la loro confusione nel ritrovarsi in quel luogo sconosciuto, e dall'intensità del rumore calcolavamo la consistenza della famiglia.

Per due notti e un giorno li lasciavamo quieti sul davanzale di una finestra orientata come pensavamo fosse stato il luogo d'origine e dopo aprivamo i pertugi alla base del lato che risultava sempre tra mattina e mezzogiorno. Osservandoli, dopo averli spruzzati leggermente con un po' d'acqua per tenerli calmi, vedevamo che avevano rimesso in ordine quello che avevamo disordinato. A volte riprendevano subito un viavai normale di lavoro nella raccolta e ritornavano con polline o nettare; altre volte uscivano e non ritornavano piú, o in pochi, e cosí giorno dopo giorno la famiglia finiva. Allora con una pagliuzza succhiavamo dalle cellette il miele selvatico rimasto. Non era certo come quello che il signor Augusto, il padre di Elsa, qualche volta donava a mia madre, ma a grumi irregolari, e dentro restavano le grasse larve che non si erano sviluppate e le formiche che avevano scoperto i residui del miele.

Dopo qualche mese, in autunno con le prime brine, le nostre casette dei calabroni restavano vuote e ci dispiaceva non vederli piú volare d'intorno. Ma dove erano andati? Non riuscivano a sopportare i nostri inverni? E perché in primavera ritornavano? Questi per noi erano misteri. Capimmo solo che erano diversi dalle api. La nostra ignoranza ci faceva pensare. Non sapevamo distinguere le famiglie degli Imenotteri e che dei nostri calabroni a sopravvivere all'inverno era solo la regina che si interra profondamente.

C'era un baito sulla mia amata montagna; si trovava sotto le rocce a lato del grande canalone delle valanghe. Quando da ragazzo mio padre mi portava con sé nei giri settimanali per le malghe, guardavo sempre quella alta montagna che nei canaloni conservava la neve delle valanghe anche nel caldo dell'estate; immaginavo lassú camosci, pernici bianche, aquile, fantasie di scalate e miniere di diamanti.

Quel baito lassú, a destra del canalone delle valanghe, era il piccolo rifugio del ragazzo addetto alla sorveglianza delle vitelle che pascolavano lontano dalle vacche, le quali dovevano rimanere sui pascoli meno impervi nei pressi della casara. Quel guardiano – aveva la mia stessa età – l'avevo incontrato nella sua piccola baita nel 1932, quando, finito da un mese l'anno scolastico, lo zio Giovane mi aveva chiesto di accompagnarlo su quella montagna perché voleva raccogliere un mazzo di stelle alpine per la sua ragazza. Partimmo molto presto; lo svegliò mio nonno perché lui era un dormiglione e non si alzava mai prima delle dieci.

Risalimmo una valle solitaria e selvaggia lungo i segni di un sentiero e di un rivolo d'acqua fredda. Ogni tanto tra felci e mughi vedevo tracce di terra nera e, non sapendo ancora che erano i sedimi delle secolari carbonaie, camminando fantasticavo su eventuali miniere di carbone che in quella valle solitaria un giorno avrei scoperto.

Dove lassú avremmo potuto trovare le stelle alpine piú belle lo sapevo meglio dello zio Giovane, perché mi ero bene informato da mio padre che da giovanotto era andato a raccoglierle per la sua morosa, mia madre. Durante la prima guerra mondiale avevano traforato la cresta della montagna con ampie gallerie per far passare le teleferiche e sotto quelle rocce, nei ghiaioni, ne trovammo di bellissime.

Vicino a una sorgente mangiammo pane e formaggio con buon appetito, ci rinfrescammo con quell'acqua e scendemmo dal versante a sera, quello delle valanghe.

Fu cosí che giunsi per la prima volta al Baito del Köbele, quello delle vitelle. Dormivano tranquille o ruminavano sdraiate all'ombra dei mughi; il ragazzo addetto alla custodia sonnecchiava con la schiena appoggiata a un larice; ci sentí arrivare e si alzò in piedi assieme alle vitelle. Parlammo.

Mio zio conosceva bene la famiglia che conduceva la malga giú in basso: una vecchia famiglia del nostro paese che la guerra, nel 1916, aveva profugata nella pianura padovana e che lí si era fermata. Da loro, ogni sabato comperavamo il burro e, a fine stagione, un ottimo formaggio. Forse, per noi, c'era ancora un piatto di minestrone e, certamente, polenta, latte e formaggio.

Il ragazzo ci raccontò che lassú, al Baito, saliva ogni mattina con il crepuscolo dell'alba e alla sera ritornava al tramonto; dopo aver rinchiuso le vitelle sotto il barco quando il sole calava dietro quelle montagne bianche di neve, che al mattino vedeva splendere con i primi raggi. Erano il suo orologio. No, non aveva paura di starsene lassú solo tutto il giorno: ascoltava il canto degli uccelli, seguiva i volteggi dell'aquila che aveva il nido sulle rocce sovrastanti, i richiami dei giovani caprioli giú nel bosco e i fischi dei camosci su in alto. Accompagnava le vitelle sulle rive da pascolare seguendo la fioritura e una volta al giorno il cane della malga saliva a trovarlo: faceva da collegamento e, forse, sentiva anche i suoi fischi quando spostava la piccola mandria delle vitelle.

Da lí scendemmo alla casara dove ci fecero festa e ci scodellarono nelle coppe di legno abbondante minestrone appena tiepido e, dopo, polenta e buon formaggio stagionato.

Come mi veniva sovente il ricordo di questa baita quando ero sulle montagne dell'Albania in quell'inverno del 1940, e poi nella neve della Russia e nella desolazione del Lager. Ritornato a casa, nelle domeniche di ottobre venivo quassú in caccia solitaria di pernici bianche e un giorno volli passare dal Baito del ragazzo del Köbele. Vidi solo travi bruciacchiate e pietre annerite; sulle travi i fori dove passavano le catenelle per legare gli animali durante la notte, ortiche, una vipera. Silenzio.

Sceso al Ghertele chiesi al Broca cosa fosse successo.

Era stato due anni prima, nel giugno del 1944. Lassú aveva trovato riparo un distaccamento di partigiani, e la brigata nera, durante un rastrellamento, aveva bruciato il Baito. Loro, i partigiani, erano già scomparsi per creste e dirupi dove non li avrebbero mai trovati.

Baita: sogno di chi era lontano dagli alpeggi per emigrazione o guerra. Parola indoeuropea, scriveva Primo Levi. «Ghe rivarem a baita?», chiedevano in Russia gli alpini del mio plotone. Siamo rimasti in due. Le baite non ci sono quasi piú. *Baita delle Rose*, scrivono sui cancelli delle seconde case, o *Baita Restaurant*, o *Baita Dépendance*. Per noi era un sogno su un po' di strame.

Anche se le tarde nevicate certi anni coprono abbondantemente pascoli e mughi e fabbricati delle malghe, l'estate corre in fretta verso le quote piú alte del nostro Altipiano. Un amico malghese mi raccontava che ai primi di giugno del 1952 era salito alla Malga Portule per considerare le condizioni dei pascoli e si era stupito nel vedere la neve cosí alta che ancora copriva le porcilaie. Diceva: «Sul Monte Cucco cantava il cuculo ed era ancora tutto bianco. Eppure, come da capitolato con il Comune, il 10 giugno portai le vacche al Basazenocio e facendole pascolare risalii la valle; quando dopo otto giorni giungemmo alla casara, la neve era scomparsa e c'era già l'erba nuova».

È al bosco che le tarde nevicate sono davvero dannose; gli alberi, risvegliati in maggio dal cuculo ed entrati in vegetazione, si ammorbidiscono e il carico della neve pesante li fa schiantare o divellere. Se questo al bosco è dannoso, piú dannosi sono gli uomini che invogliati dalla buona stagione e dalle lunghe giornate di sole dopo la bella nevicata escono con le motoslitte per mulattiere e strade militari recando violenta paura ai selvatici nel periodo piú delicato e sensibile della procreazione.

A fine maggio, dopo aver allontanato la giovane figlia che era rimasta con lei per un anno, la femmina del capriolo era andata a cercarsi un posto tranquillo dove partorire, esposto a sud, coperto da bassa vegetazione, o un prato con erba alta e folta. Dopo due ore dalla nascita, i piccoli – di solito uno, qualche volta due – sono già in grado di stare in piedi e di succhiare il primo latte. Dopo la prima poppata, la madre si allontana di pochi passi e fischia debolmente: i piccoli rispondono e la seguono traballando; si allontana ancora per una decina di metri e quindi li lecca e li fa accucciare spingendoli con la testa. Dopo aver ben controllato con vista e udito lo spazio circostante perlustra i dintorni. Ma non è discosta: osserva, pascola o finge di pascolare. I piccoli nascosti tra l'erba restano immobili e invisibili, privi anche di ogni odore, e quando niente si muove nel prato e nessuna ombra compare, nessun rumore, allora un sottile e quasi a noi impercettibile fischio comunica loro: «Io sono qui, non muovetevi».

Piú volte nella giornata la madre si avvicina prudentemente a loro per la poppata. Anche lei si rende poco visibile cercando di mimetizzarsi tra alte erbe e cespugli; ma se davvero un qualche inopportuno si avvicina, allora si mostra con grande evidenza per attirare su di sé l'attenzione per poi, lentamente, entrare nel bosco.

Era l'ultimo sabato di giugno di tre anni fa; una famigliola era salita quassú per il fine settimana e, parcheggiata l'auto, genitori e ragazzi erano entrati in un prato sotto la contrada semideserta, per fare merenda. I bambini si misero a correre felici e scatenati tra l'erba e i gigli rossi; giocando cosí un ragazzo quasi inciampò in un capriolo nato forse quel giorno che se ne stava immobile e terrorizzato tra l'erba. Dopo il primo stupore il ragazzo chiamò i fratelli e i genitori: «Ho trovato Bambi!»

La loro pietà fu grande: lo accarezzarono, lo coccolarono, lo compativano dicendo che la madre lo aveva abbandonato. Lo raccolsero in braccio, se lo contendevano; lui guardava tremando e certamente non capiva quegli strani animali che gli erano attorno, strani anche nell'odore. Decisero di portarlo al guardaboschi nel vicino paese. Come li vide, sul principio li prese a male parole, poi si calmò e spiegò: «Voi, facendo cosí, lo avete condannato a morte; gli avete dato il vostro odore e sua madre non lo riconoscerà piú come suo figlio. Forse riuscirò a salvarlo, ma è troppo piccolo».

Anche le cerve, dopo aver sciolto il branco, si appartano per figliare, cosí come il capriolo, in una radura accostata al bosco piú fitto da dove osservare e controllare senza essere vedute. Partoriscono un solo piccolo che poco dopo si alza traballando sulle lunghe gambe; la madre lo asciuga leccandolo accuratamente e subito lo fa acquattare tra le felci e le alte erbe.

A luglio le madri seguite dai figli si raggruppano in branco; a guidarlo è la madre piú autorevole e nei luoghi piú tranquilli e appartati i piccoli amano giocare tra di loro.

Le camozze, dopo aver pascolato a valle l'erba primaverile, si erano ritirate lassú in alto tra i dirupi per partorire sopra una cengia o in un terrazzo di roccia affinché il loro piccolo, aprendo gli occhi sul mondo, subito prendesse confidenza con i precipizi. Ora, a luglio, sono già in grado di seguire le madri e con grande sicurezza affrontano i terreni piú impervi e le rocce erte e difficili; salgono a pascolare nelle altitudini dove la qualità della prateria alpina è il migliore nutrimento per le madri lattifere e primo pasto cercato da loro. Se sopra passa l'ombra dell'aquila, le camozze sono leste a richiamare i piccoli sotto il loro ventre e ad abbassare la testa mostrando le uncinate corna.

L'estate in montagna è sempre breve; anche la notte estiva è breve a rinfrescare l'aria; la luna calante e il crepuscolo dell'alba, con le due diverse tonalità, creano una luce sparsa sulle cime e nell'alta valle, ma dentro il bosco la notte ancora non si dissolve. Il baffuto succiacapre a caccia d'insetti notturni lancia i suoi ultimi strani versi fatti di *t* e di *r*, infine va a posarsi per lungo su un ramo dove resterà immobile e invisibile sino al tramonto. Il tordo saluta il giorno che ritorna e il cervo vagabondo, dopo essersi ben pasciuto nei prati accosto ai boschi, rientra nella foresta per adagiarsi nel folto a ruminare in pace. I camosci, lassú, dove il sole è arrivato a illuminare le cime, pascolano l'erba profumata bagnata dalla rugiada e attorno alla loro ombra il sole crea l'aureola luminosa.

La luce del sole che sta uscendo riesce a illuminare anche il fondovalle; nei boschi prendono forma i tronchi, i rami, gli arbusti, i fiori. Le foglie fremono al brivido del sole ed è una sinfonia di canti: al tordo si unisce il pettirosso, al merlo la capinera, e poi il luí, la cincia, il ciuffolotto, la ghiandaia, il cuculo. Ogni bosco ha i suoi abitanti alati permanenti o di sosta per nidificare: la foresta di conifere ha i suoi, quella di latifoglie pure, quella mista questi e quelli. Anche le praterie alpine, anche le radure, anche le pareti rocciose; anche le altitudini, naturalmente, e le esposizioni hanno la loro influenza: è cosí in ogni campo della vita, pure per gli uomini.

Il ragazzo era ritornato dalla guerra magro e ammalato anche nell'animo perché troppe crudeltà aveva visto e la vita non gli sembrava valesse la pena di viverla. Alcuni coetanei avevano varcato clandestinamente il confine per andare a lavorare nelle miniere del Belgio, altri in Svizzera. C'era anche chi, esperto di ordigni di guerra, si era offerto per la bonifica dei terreni minati, o con bombe inesplose, in Francia o nel Centro-Italia. Si guadagnava bene ma si arrischiava molto. Altri andavano fra le nostre montagne a recuperare e poi rivendere i residuati della Grande Guerra.

Lui cercava di riprendere volontà di vivere andando per i boschi a far legna come combustibile; intanto gli sembrava di risolvere come esistere in quei giorni. Il pane se lo guadagnava e non era di peso a nessuno.

Alla sera, stanco per il suo lavoro, andava dalla fidanzata, in casa di lei, come allora si usava, per un paio d'ore; poi ritornava nella sua per dormire quello che gli riusciva, per ripartire per il bosco prima dell'alba.

Un sabato sera il futuro suocero gli aveva detto: «Domani mattina, subito dopo la prima messa noi – e con quel noi intendeva lui e sua figlia – andiamo al Lebele del Bertiga con le panie. Dovrebbe essere la giornata giusta. Dopo aver mangiato, i ciuffolotti e i crocieri scenderanno a bere. Noi li prenderemo e poi la sera ce li mangeremo con la polenta. Vieni anche tu, cosí ti passerà la domenica».

Anche se l'alba di luglio era fresca e limpida, la giornata si presentava calda, ma bella; lo facevano presagire l'aria che scendeva dai monti, certi fiori e i cardi che si aprivano, le api già indaffarate, il canto mattiniero degli uccelli.

Lungo la mulattiera non incontrarono né un cercatore di funghi né un boscaiolo. La gente era stanca per aver lavorato l'intera settimana. Alla domenica si riposava. Tutt'al piú chi poteva avere una lira in tasca andava nel tardo pomeriggio a fare una partita con le bocce dove la posta per i quattro giocatori era mezzo litro di vino.

Camminavano in silenzio e a un certo punto della valle, dopo la strettoia nella quale il ghiacciaio in tempi remoti si era aperto la strada, presero il sentiero che saliva erto al Lebele. Su quel fianco della valle il sole non era ancora arrivato e l'erba restava pregna della guazza notturna. Sulle punte degli alberi si sentivano i becchincroce che volavano a esplorare il bosco alla ricerca dell'abete o del peccio dove sfogliare gli strobili per la loro colazione di semi. – Se si abbassano per bere prendiamo anche quelli, – disse il padre della ragazza dopo un bel po' che camminavano in silenzio.

Arrivarono con il sole che era salito a illuminare la radura con la piccola sorgente: un rivoletto che scendeva a riempire un catino di roccia. Era ancora presto per posare le panie e si sedettero sull'erba che il sole aveva già asciugato. Il ragazzo si arrotolò una sigaretta di trinciato, il padre della ragazza si accese la pipa.

Il ragazzo si appartò e si distese supino a guardare il cielo dove sprofondavano le cime degli abeti. Ascoltava le cince, un cuculo lontano, i ciuffolotti solitari, i frettolosi becchincroce. Anche la voce di un capriolетto che voleva la madre, poi lei che rispondeva. La ragazza venne vicino a lui, sentí una mano che cercava la sua e dentro sentí sciogliersi il freddo dei Lager, la fame e quello strano malessere che da tanti mesi l'accompagnava con la febbre.

Andiamo anche noi in un'alba d'estate per i sentieri del bosco; sia discreto il nostro abbigliamento e silenzioso il passo, cercando di evitare sassi mobili e rami secchi. Fermiamoci ad ascoltare e ci sarà molto da scoprire: un fruscio, un battere di ali, il sottile richiamo del piccolo capriolo, un aereo di linea che passa alto nel cielo, il rumore di una motosega nell'altro versante, il respiro affannoso di uno che sale con la bicicletta da montagna. Non si è mai soli nei nostri boschi che hanno mille occhi e mille orecchie e, quando meno te l'aspetti, ti trovi davanti un guardacaccia o un cercatore di funghi.

Con il cuore lieto raccogliamo nella palma della mano un po' di mirtilli e assaporiamoli pensando che anche l'urogallo e il tordo li gradiscono; nelle radure mangiamo anche qualche saporita fragola o i lamponi piú maturi. La luna calante non è favorevole alla raccolta dei funghi, ma se tra i mirtilli vi capita di scorgere il giallo luminoso dei cantarelli non siate precipitosi nel raccoglierli, assaporate con gioia questo momento come un dono della natura; anche il ricordo di questo gesto renderà saporito e profumato il risotto della cena con la vostra famiglia.

Non accanitevi nella ricerca dei porcini. Si dice che questi prelibati funghi, per le condizioni del suolo dell'Altipiano, siano i migliori della loro specie, ma ora per facilità di accesso ai boschi e per comodità di strade il numero eccessivo di raccoglitori crea dei problemi per la rinnovazione naturale della foresta e per il grave disturbo che viene recato a certi silvani abitatori quali il delicatissimo urogallo, il raro francolino di monte, il maestoso cervo.

Forse, andando cosí in attento o contemplativo silenzio vi potranno spaventare le urla d'allarme di un capriolo sorpreso nella siesta; non gridate anche voi, non fate precipitose fughe come quel villeggiante che mi è capitato di vedere, spaurito e pallido perché convinto di aver sentito e visto l'orso!

Camminando per i nostri boschi vi potrebbe sorprendere un'abbattuta d'alberi, ma prima d'indignarvi o di andare a protestare, guardatevi attorno e cercate di capire il perché del taglio: osservate le piante al suolo, quelle rimaste in piedi, quelle che stanno crescendo e il sottobosco. Forse potreste arrivare a intuire da soli le ragioni di quello che ritenete «un disastro», ma se trovate nei dintorni un boscaiolo o un guardaboschi chiedetele a lui. Vi sentirete rispondere che quel «disastro» era previsto dal piano *silvocolturale* e che i motivi di questi interventi possono essere diversi: di sfoltimento per permettere alla luce di raggiungere gli alberelli sottostanti che altrimenti rimarrebbero soffocati e non potrebbero crescere; per l'utilizzo degli alberi maturi, giunti al loro limite di vigore vegetativo e quindi sul finire del loro ciclo vitale, o di piante deperite o secche, o con il cimale decapitato dalle nevicate primaverili, o sradicate per colpi di vento; ma anche di prelievo di certe specie per permettere ad altre di migliorare lo sviluppo al fine di armonizzare la foresta.

Questi tagli colturali hanno grande importanza nella cura del bosco; se bene praticati favoriscono la copertura arborea piú adatta a quell'area, stimolano l'accrescimento della massa legnosa permettendo di utilizzare legnami d'opera e prodotti secondari per uso di riscaldamento domestico non inquinante; si può migliorare pure la fertilità del suolo. Queste operazioni apparentemente semplici richiedono invece preparazione e studio; oltre a conoscere lo stato di quel particolare bosco, occorre tenere conto delle condizioni della micro e macro fauna, delle componenti e della fertilità del suolo, dell'insolazione, della pendenza degli impluvi. Insomma gli interventi devono tendere a correggere le forze negative della natura e a stimolare quelle positive. Non assistito dagli interventi degli esperti, il bosco si inselvaticherebbe tanto da diventare ostile e impraticabile a noi e agli stessi animali silvestri. Questo dovrebbero ricordare coloro che guardano ai nostri boschi con occhio di cittadini senza avere conoscenza del buon governo con la natura. Ecco, allora, come da tutti dipende il delicato equilibrio della nostra foresta montana: occorre essere prudentissimi nel fumare una sigaretta, non si devono provocare rumori, né insistere nella raccolta di funghi e non scalciarli, non tagliare rami o bastoni. Nessuna traccia dovrebbe restare dopo il nostro passaggio: le persone civili non lasciano tracce. L'eccessivo calpestio, la predazione, il chiasso, i rifiuti abbandonati non sono per il bosco che si rinnova e vive.

Camminate con rispetto e cercate di non perdere l'orientamento. Piú volte viene da incontrare gente spaventata che non riesce a ritrovare il sentiero per il ritorno. Se nella vostra passeggiata vi sorprende un temporale che avete pur sentito avvicinarsi da lontano, non cercate rifugio sotto un abete o sotto un larice, alberi che attirano i fulmini, cercate invece di raggiungere una casara.

A sera, ritornati alle vostre case o nella vostra città dopo aver camminato per ore lungo i sentieri o attraversato pascoli e radure, riposato all'ombra di alberi maestosi, ammirato una pianticella appena uscita dal seme, o i tanti fiori colorati e profumati, ascoltato in silenzio le voci della foresta, incontrato una mandria di vacche al pascolo, o il gregge dei pastori lassú dove il bosco finisce, allora vi sarà caro il ricordo di questa giornata e piacevole all'animo il riposo.

In quell'estate era stato promosso dalla quinta elementare e aveva compiuto undici anni. Una sera di agosto era tutto intento nel gioco con i ragazzi e le bambine di via Monte Ortigara e il nonno lo chiamò; aveva in mano una busta; gli spiegò che con il treno era arrivato un espresso per il casaro della Malga del Dosso, con la quale erano in rapporti di commercio, e che a casa loro aveva il recapito. L'indomani mattina di buon'ora doveva mettersi in cammino per consegnarlo nelle mani di Nello. – Ora vai a dormire, – gli disse il nonno, – domattina ti chiamo presto.

Lui era uomo che dava responsabilità e fiducia anche ai ragazzi, e quando diceva una cosa quella era, e basta. Quindi se cosí aveva detto voleva dire che lo considerava capace di eseguire questo incarico e non si fermò a ragionarci sopra. Quando stava giocando con i ragazzi e le ragazze della contrada, il nonno aspettava che finisse la partita, non certo il gioco, per dirgli di andare dal Mènego Nittar a comperargli il quotidiano sigaro Virginia, che fumava alla sera, al solito posto e al solito caffè. Gli aveva spiegato una volta, e piú ripetuto, che doveva essere chiaro, sul biondo, e la paglietta scorrere bene dal bocchino lungo tutto il sigaro. Mènego, quando lo vedeva comparire nella sua bottega, ansante per la corsa, gli metteva davanti sul banco la scatola dei Virginia e lui sceglieva con attenzione. Se non trovava il sigaro per il gusto del nonno faceva aprire un altro mazzo. Costava ottanta centesimi, quanto un chilo di farina da polenta; il nonno, non sempre, gli lasciava una palanca per comperarsi una pastina o «Il monello», un giornalino per ragazzi.

Una sera, per la fretta di riprendere il gioco, sempre correndo, intoppò il sigaro nei calzoncini, rompendolo, e si presentò al nonno tutto mortificato; lui lo guardò severo e gli diede una berrettata dicendo: – Questo lo fumerò nella pipa. Vai a prendermene un altro e ricordati per sempre che lo devi tenere in mano come una candela accesa.

Lo chiamò all'alba: era ancora nel suo unico sonno che, di solito, durava almeno dieci ore filate. La madre si era già alzata e aveva preparato la colazione per lui e il caffè per il nonno. Una rinfrescata con la testa sotto il rubinetto della cucina, calzettoni e scarponi ai piedi, la lettera espresso per il Nello del Dosso nella tasca della blusa e via di buon passo. Sua madre, mettendogli un pane dentro la blusa, gli chiese: – Hai detto le preghiere?

La strada la sapeva molto bene e la sera, prima di addormentarsi, l'aveva ripassata nella memoria anche se piú volte l'aveva percorsa con suo padre o con lo zio, il cavallo e il baroccino, quando andavano per affari nelle malghe. Da casa fin lassú, con il Reno, impiegavano quattro ore. Prendendo il sentiero della Val Formica in quattro ore ce l'avrebbe fatta anche lui.

Camminava di buon passo e fu per questo che un anziano della Tal, dalla porta della stalla, gli chiese dove andasse, e alla sua spiegazione gli disse solo: – Bravo.

Naturalmente lo aveva riconosciuto a causa del nonno perché anche la Nina della Tagliata, che loro rifornivano di vino, e che in quel momento stava lavorando nell'orto a fianco all'Osteria, lo chiamò e gli disse: – Quando ritorni, fermati che ti offro una gazosa.

Da lí si scende per un tratto lungo la valle, ma allora

non lo sapeva e suo nonno non gli aveva mai raccontato che un loro antenato, 134 anni prima, per quella via si era incamminato verso Vienna, dove era giunto dopo tre mesi e tante avversità per perorare la causa dei Sette Comuni nei loro antichi diritti davanti all'imperatore Francesco II.

Sul lato della strada per la quale camminava con gamba lesta, a monte, erano state scavate dagli austriaci le gallerie a ricovero dai colpi delle artiglierie italiane e inglesi. Il bosco non era ancora ben ricresciuto. A un certo punto, sulla roccia, lesse scritto in rosso *CANTA CHE TI PASSA* e piú avanti, su una baracca degli operai che costruivano gli argini al torrente, *NO MAGNEMO SASSI* e *VOLIAMO LA PAGA*.

Prima dell'Osteria del Ghertele c'era un cimitero militare austriaco, e uno scasso sul fianco del monte dove avevano piazzato un grande obice che sparava sui paesi; anche pilastri di cemento sui quali si reggevano le teleferiche che portavano materiali per la guerra verso la parte piú alta dell'Altipiano. Nicola, il gestore dell'Albergo del Ghertele, che stava spaccando la legna, lo vide passare lí davanti e lo chiamò per nome. Poi gli chiese: – Dove vai cosí di buon'ora e da solo?

Lo conosceva pure lui perché quando passava con suo padre o con suo zio sempre si fermavano a bere qualcosa o abbeverare il Reno. – Vado su al Dosso a fare una commissione per mio nonno, – rispose con una certa fierezza.

– Quando ritorni fermati qui a riposare, – gli disse Nicola.

Sapeva che quei due monti lí davanti si chiamavamo uno Porecche Davanti e l'altro Porecche di Dietro, che quella strada militare a sinistra portava alla Malga Pusterle e che piú avanti c'era il sentiero che andava alla Malga Köbele dove l'Amabile, un giorno che era salito al Portule con lo zio Giovane per stelle alpine, li aveva ristorati con un'abbondante coppa di minestrone. Dopo la curva c'era la strada che imboccava la Val Renzola e lí c'erano le sorgenti che fornivano l'acqua fresca e sprizzante nelle case del paese, i resti dei manufatti degli acquedotti che nel 1917 provvedevano d'acqua i soldati austriaci fin sull'Ortigara.

Doveva salire quattro tornanti, quindi abbandonare la strada e seguire la mulattiera che per la Val Formica e i pascoli raggiungeva il Dosso.

Fu prima di lasciare il bosco che il cuore gli diede un sussulto per lo spavento: un improvviso fracasso di battere forte d'ali a poca distanza le une dalle altre aveva squassato il bosco; a provocarlo era stata una famiglia di urogalli che stavano pascolando tra i mirtilli e sui formicai che avevano discoperto raspando per mangiare le uova. Il suo passo li aveva sorpresi prima della sua presenza; la sua inesperienza gli aveva provocato lo spavento. Certamente era sbiancato in viso e quando il cuore si calmò comprese la causa della sua emozione. Riprese il cammino con cautela e passo leggero; sperava di ritrovarli perché da una tasca aveva preso il tirasassi e nella coramella aveva caricato una palletta di *shrapnel.* Illusione di caccia.

Lassú tutti i pascoli erano fioriti; ogni tanto camminando alzava la testa per seguire una pispola che s'involava cantando; le mandrie pascolavano tranquille, i cani sonnecchiavano. Due mandriani si erano avvicinati per parlarsi e, appoggiati ai loro bastoni, sopra un rialzo, guardavano verso di lui che era appena uscito dalla casara delle Laste dove Tullio, il padrone delle vacche, gli aveva offerto una tazza di latte. Lo aveva visto salire dalla Val Formica e gli aveva chiesto come aveva fatto ad arrivare fin lassú da solo e perché.

Nello del Dosso aveva levato la cagliata dalla caldaia e le quattro forme di formaggio erano già a sgocciolare sulla tavola di abete dentro le fasce, pure di abete; anche la ricotta era già a sgocciolare dentro i sacchetti di tela appesi alla *capra*, un trabiccolo in legno con pioletti. La ricotta cosí fresca e ancora semiliquida era la passione di sua madre che alla sera, quando gliela portavano a casa da qualche malga, subito la frullava in una terrina con un po' di panna e zucchero. Piaceva molto a tutti, naturalmente.

Nello aperse subito la lettera che gli aveva consegnato. Non portava brutte notizie, anzi, subito sorrise e poi disse: – Sono diventato nonno!

Era verso il mezzogiorno: Marco, l'aiutante di Nello, rimestava una grande polenta nel caldaio di rame appeso a una catena sopra il fuoco e Nello ogni tanto dava un'occhiata alla pentola di ghisa sul treppiede, dove stava leggermente bollendo la minestra di riso e latte. Sul tavolo erano già disposte le coppe di legno; i cucchiai e le forchette d'ottone erano infilati in una rastrelliera appesa alla parete di travi sopra il tavolo dove ognuno aveva il posto segnato.

L'aiutante casaro che curava il formaggio aveva anche il compito di preparare la tavola e lavare le stoviglie con il siero caldo dopo che era stata levata la ricotta. Mise una coppa di legno anche per lui, accanto a Nello, per rispetto.

Un quarto prima delle dodici Nello uscí sul pascolo alto dietro la casara e chiamò tutti a tavola battendo con ritmo la coppa dentro una secchia di legno, allegramente, in modo che si potesse udire anche da lontano, e le altre malghe risposero al segnale. Dopo un quarto d'ora arrivarono i due mandriani, e il ragazzo delle vitelle, e il legnaiolo, e in sette si ritrovarono attorno alla tavola, con la polenta al centro e la minestra di latte nelle coppe. Intanto nella padella si stavano rosolando nel burro le fette della cagliata del mattino, messe da parte e salate. Nello, per festeggiare, volle sulla tavola anche una soppressa, formaggio vecchio e pane biscotto. E vino!

Dopo i rallegramenti per la nascita della nipote furono poche le parole che si scambiarono a tavola. Nello chiese ai vaccari notizie sulla salute di due vacche, una con la mastite e l'altra con male alle gambe, al legnaiolo se aveva tagliato e ridotto quell'abete secco che il guardaboschi gli aveva assegnato; al ragazzo disse di ricordare al padre che alla prossima visita gli portasse le Domeniche del corriere delle settimane precedenti e i soliti giornali, e poi gli chiese se era stato promosso e se il prossimo anno si sarebbe iscritto all'Avviamento.

La minestra con il latte e il riso maratello era venuta molto buona; Nello la faceva meglio di sua madre perché cuoceva di piú il riso, almeno tre quarti d'ora, lentamente, e poi la salava bene. «Il latte vuole sale», diceva. Alla cagliata fritta nel burro preferiva la polenta con un pezzo di formaggio vecchio o con la soppressa.

Tutti si ritirarono a riposare nelle biose, giacigli come cuccette di marinai, chiusi da tavole, sovrapposti, con uno strato di rametti verdi di pino mugo, o paglia. Nello mandò a dormire il ragazzo nella sua cuccetta, che certamente era la migliore, e si fermò alla tavola per scrivere una lettera alla figlia.

Il ragazzo, anche se era stanco, fece fatica ad addormentarsi: ascoltava il respiro pesante dei malghesi, il pennino sulla carta che scriveva le parole di un uomo che in quel giorno aveva saputo di essere diventato nonno e, ogni tanto, i suoni dei campanacci scossi dalle vacche che scacciavano le mosche. Ma poi si addormentò pesantemente. Anche i cani dormivano davanti alla porta della casara.

Quando Nello lo svegliò già tutti erano ritornati al loro lavoro; si erano alzati in silenzio per non disturbarlo. Lo ringraziò, cosí a quattr'occhi, per avergli portato la lettera, gli consegnò quella che aveva scritto a risposta e una lira per il francobollo. Il resto se lo tenesse lui. Gli consegnò anche una ricotta affumicata per sua madre e un pezzo di formaggio speciale per il nonno. Gli raccomandò di ringraziare tutti i suoi, di dire una preghiera e di camminare tranquillo.

Le vacche avevano ripreso a pascolare e lentamente, ogni tanto, scuotendo il battacchio facevano risuonare il bronzino; si avviavano cosí verso la mungitura pomeridiana. Le vitelle, invece, seguite dal giovane con il lungo bastone, andavano lentamente dove il pascolo si incuneava come un'insenatura verde dentro il bosco scuro.

Passando vicino, i mandriani gli diedero un saluto e lui rispose con allegria. Prese il sentiero che scendeva per la Val Formica e capí perché si chiamasse cosí, era naturale, ad averci pensato: in quel bosco c'erano molti formicai, anche alti come lui, costruiti con gli aghi delle conifere. Non fece rivolare i cedroni del mattino, a quell'ora erano ancora sugli abeti a digerire il pasto; sarebbero scesi piú tardi a pascolare fragole e mirtilli. Si fermò ad ascoltare la percussione sul tronco eseguita da un picchio; un altro gli rispondeva da lontano.

Ritrovò al quarto tornante la strada carrereccia, scese alle sorgenti e si fermò a bere avidamente, a piccoli sorsi, rinfrescandosi prima i polsi e il viso come gli aveva insegnato lo zio medico. E si immise sulla strada della Val d'Assa.

Davanti all'Albergo del Ghertele sostavano tre cavalli e i carri che trasportavano il legname dai boschi alla segheria. Certamente i cavallari stavano dentro dal Nicola a ristorarsi con un bicchiere di vino. Al mattino li aveva sentiti incitare e guidare i cavalli che trascinavano il legname dai boschi di Manazzo fin sulla strada del Termine. Ricordava che lo zio medico, appena laureato, era stato nominato condotto, e sua madre gli faceva da infermiera. Un inverno con tanta neve, con un guardaboschi, era venuto lí per curare la famiglia del Marco Bufera colpita dal tifo. Cosí gli aveva raccontato sua madre.

All'abbeveratoio dei cavalli si rinfrescò ancora braccia e viso e riprese a camminare. Non aveva piú il passo del mattino. Dove la strada riprendeva a salire, la Laita, si fermò a riposare su una catasta di tronchi.

Guardandosi attorno, osservando i ripidi fianchi dei monti e la stretta della valle, giudicò quello il posto dove, in tempo lontano, come gli aveva spiegato il maestro don Giovanni, era avvenuto lo scontro del Restello fra i nostri montanari e le avanguardie di Sigismondo d'Austria.

Loro volevano raggiungere Venezia attraverso la nostra terra ma i difensori avevano messo le vedette al Passo di Vezzena e quando i soldati apparvero corsero veloci a dare l'allarme. Intanto, nella stretta del Restello avevano preparato uno sbarramento di tronchi con i rami e, sui fianchi dei monti, molti sassi e macigni. Quando le avanguardie di Sigismondo giunsero in quel punto e trovarono lo sbarramento, fecero precipitare sassi e macigni e uscirono dal bosco con spade, falci, scuri e forconi; i cavalli si spaventarono e disarcionarono gli uomini. Gli invasori scapparono per dove erano scesi menando lo spadone a due gambe.

Guardava assorto quel luogo e immaginava la battaglia come al cinema vedeva indiani e cowboy. Forse, sotto quelle zolle e tra le radici degli alberi c'erano ancora le ossa degli sconfitti o pezzi di armi, fibbie, armature, insomma i segni della battaglia lontana nel tempo. Come si ritrovavano tanti residui sui campi di battaglia della Grande Guerra.

Riprese il cammino risalendo la Laita e quando incontrava l'imboccatura di una galleria scavata dagli austriaci si fermava a guardarci dentro; in qualcuna vedeva la fine contro la roccia, in altre il buio che continuava dentro il monte. Lo zio che aveva fatto la guerra con gli alpini gli aveva fatto credere che certe gallerie attraversavano la montagna da parte a parte. Chissà cosa c'era ancora nascosto lí dentro, pensava. Sarebbe da esplorarle con una candela.

Quando arrivò all'Osteria della Tagliata si fermò ancora a riposare sotto gli alberi, sulla panchina che guardava la profonda Valle dell'Ass. Sentiva la stanchezza nelle gambe. La Nina lo vide lí seduto e gli portò la gazosa promessa. Si sedette accanto a lui. Gli chiese se era stufo, ma gli disse anche che ormai era arrivato a casa. Dove era stato tutto il giorno?

Arrivò che era pronta la cena. L'aspettavano; sulle gambe aveva quasi quaranta chilometri di strada. La mamma volle assaggiare la ricotta affumicata, il nonno il formaggio speciale; poi divisero tutto. Raccontò che nell'espresso era scritto che Nello era diventato nonno di una bambina, che era molto contento e che salutava tutti.

La sera di agosto era bella e lunga; il sole tramontava e dall'altro versante stava sorgendo la luna piena, grande e bianca. Era stanco, i compagni e le ragazze avevano ripreso il gioco. Si sedette sulle scale di pietra della casa. Una bambina magra ed esile venne a sedergli accanto. Sapeva che aveva tanto camminato e vedeva che era molto stanco: – Mi racconti dove sei stato? – gli chiese.

Sono uomo di montagna ma pure amo molto il mare; quelle rive povere e solitarie dove non si sentono altoparlanti e musiche ma dove unico rumore sono le onde che s'infrangono sulla riva e i richiami dei gabbiani. Nei miei tanti anni solo pochissime volte ho fatto vacanze, tra queste qualcuna al mare.

Un'estate calda e asciutta fu tra Puglia e Lucania, nel Basento, dove ascoltavo quasi ininterrotto il canto delle cicale e sentivo l'odore buono della liquerizia. Lí conobbi il tempo dei Greci. Non so leggere il greco e nemmeno capire il latino ma dalle Tavole Palatine intesi le cose della storia e dell'arte che solo l'altissima poesia sa comunicare. Leggevo i greci con testo a fronte, e camminavo lungo la spiaggia con queste sensazioni e questi odori e questi canti di cicale senza incontrare persona vivente nel sole della Magna Grecia. Una sera abbozzai il mio libretto *Storia di Tönle*. Non, assolutamente, per confronto ma per amicizia tra gente di montagna e di mare.

Fu bello pure quel giorno che l'amicizia e la gentilezza dell'amico di Castellaneta mi accompagnarono nel Salento: nell'andare per la litoranea, nel ritorno per le Murge. Ma restano nella memoria i crostacei mangiati crudi con il succo del limone dei pescatori di Gallipoli; il sole e l'estate; i campi mietuti; gli uliveti e i muri di pietre grigie che delimitavano i confini delle masserie che, intorno, avevano grandi spazi. Non confusione di traffico, non spiagge con bagnanti. Sarà ancora cosí dopo tanti anni?

Le torri di guardia lungo quel mare profondamente azzurro mi facevano sognare che in qualcuna sarebbe stato bellissimo passare un'estate. Ma anche tutta la vita, che non sarebbe stata dura con quel mare davanti, con quel retroterra di frumenti e ulivi. Lí con un centinaio di libri, un bell'orto, un piccolo frutteto con aranci e mandarini. Senza telefono, senza televisione. Come sarebbe stato l'inverno? Mi sarebbe mancata la neve?

A Santa Maria di Leuca, sotto le rocce del faro, ci bagnammo e ci asciugammo a quel sole che ci lasciava la salsedine sulla pelle. «Questi – pensavo lí disteso – sono i luoghi piú felici della Terra», e a quel momento di pace sensibile, a quel sole, ai gabbiani nell'azzurro contrapponevo il tetro Lager 1B con le grandi baracche, la neve sporca, la fame, la tristezza dell'anima, i voli dei corvi.

Un'altra breve estate – sono sempre brevi per chi vive in montagna – la trascorsi su un'isola dalmata: una pietraia coperta dalla salvia piccola ma odorosissima, greggi vaganti e rari alberi da frutto attorno alle case e lungo i sentieri tra muretti. Il Canale della Bora la separava dalla terraferma; a volte urlava scendendo dai monti Velebit e l'isola restava segregata. In una insenatura verso il mare aperto c'erano pochi resti romani e una muraglia con il leone di San Marco. Dall'altra parte dell'isola, a guardare le montagne, c'erano delle vaste e millenarie saline.

Andavamo al mattino verso un luogo dove non c'erano né turisti né barche. Ci arrivavamo camminando per stretti viottoli tra muretti dove pendevano rami con fichi dolcissimi e gelsi con frutti neri, rosati e bianchi. Fichi e gelsi erano i pochi alberi dell'isola.

In quel luogo davanti al mare aperto, disabitato anche dalle pecore, c'erano ancora le postazioni di una batteria costiera: quattro piazzole in cemento difese da larghi muri a secco e pietrame scavato dai dintorni. I vecchi abitanti, che parlavano dialetto veneziano, mi avevano detto che erano artiglierie disarmate da vecchie navi da guerra.

Stesi lí dentro le piazzole ci scaldavamo al sole. Si sentivano solamente il ronzio delle api sui fiori di salvia, il frangersi delle onde sulla riva pietrosa e, verso il mezzogiorno, passare alto nel cielo un aereo di linea.

Mi avevano anche detto che quei cannoni erano lí giunti nella primavera del 1942 a difesa delle coste contro gli sbarchi degli inglesi e che subito gli artiglieri fraternizzarono con gli isolani. I soldati comperavano qualche agnello per variare il rancio; un loro ufficiale aveva un bellissimo setter da caccia e d'autunno andava a beccacce e a coturnici. Pescavano con la lenza ma facevano anche esplodere in acqua le bombe a mano per poi raccogliere i pesci che venivano a galla. Da aprile a ottobre facevano i bagni davanti alle postazioni dei cannoni.

Nell'ottobre del 1943, non gli inglesi ma i tedeschi sbarcarono con sorpresa sul versante che guardava la terraferma. Alcuni soldati italiani vennero presi prigionieri, qualcuno fu ucciso, altri si fecero banditi e si unirono ai pastori. Nessuno di loro fece ritorno.

Stavamo dentro le postazioni abbandonate di fronte al mare e il muro a secco ci riparava dall'aria fredda che a sera scendeva dai monti Velebit. Davanti il mare s'increspava e all'orizzonte vedevamo isolotti di roccia. Ogni tanto passava una nave.

La mia terza vacanza la feci a Rovigno; avevo trascorso un inverno da convalescente a causa di un malessere che mi ero preso da sprovveduto davanti a un rifugio dove mi ero riposato dopo una sudata senza preoccuparmi di mettere un maglione. Da Venezia prendemmo l'aliscafo, ma giunti nel tardo pomeriggio a Rovigno non trovammo quanto quell'ufficio turistico ci aveva promesso. All'isola di Santa Caterina, diventata semplicemente Katarina, ci diedero da dormire in una dipendenza, a dire poco schifosa, dopo una cena servitaci con tanta negligenza e piú pazienza da parte nostra. Alla mattina, dopo una notte insonne, decidemmo di salire sul primo mezzo per Trieste e mentre guardavamo gli orari si avvicinò un signore che si offerse di accompagnarci in una villa dove sapeva esserci delle buone camere libere.

Era una villa un tempo signorile, con un bel parco, che in godimento o in uso era stata concessa a un croato, forse potente funzionario di partito, ma qui speculatore, che Anna definí un ustascia diventato comunista. Ci fece subito capire che era *potente*, noi, invece, capimmo che era un trafficante di chissà che cosa. Nell'esibire i nostri passaporti, con un sorriso di compatimento ci fece notare che avevamo registrato il visto di due o tre confini e ci esibí il suo carico di timbri e sigle in ogni spazio libero. Gli feci notare che a noi, per l'Europa, bastava la carta d'identità. Insomma, restammo perché ci sembrava un luogo tranquillo.

Al mattino non andavamo sulle spiagge davanti agli alberghi e alle pensioni dove gli scogli e la poca sabbia trasudavano creme e oli solari depositati da maggio dai turisti tedeschi. Dietro gli alberghi, poi, c'erano montagne puzzolenti di rifiuti vivacizzati da plotoni di grossi ratti che la facevano da padroni.

Passavamo un parco che i pieghevoli dicevano «Nazionale»; le prime centinaia di metri erano cosparse da cartacce, merde e preservativi, ma camminavamo in fretta tra alberi molto belli dove veri padroni erano rimasti gli scoiattoli e le gazze. Dopo forse un paio di chilometri raggiungevamo un posto tranquillo e isolato: erano cave di pietra d'Istria abbandonate da chissà quanto tempo; si vedeva ancora lo scivolo che arrivava al punto d'imbarco e si potevano immaginare barconi con il loro pesante carico in navigazione verso Pola per l'Arena in costruzione, o verso Venezia per fare sorgere chiese e palazzi.

Lí, nei pressi della cava, ci bagnavamo in una insenatura, ci si asciugava sui massi abbandonati e io leggevo. Con noi portavamo la colazione e nel tardo pomeriggio, dopo il rientro, salivamo a Santa Eufemia. Dall'alto del promontorio con il faro era bello guardarsi attorno dimenticando il brutto: barche sul mare, navi che passavano al largo, isolotti verdi, voli di gabbiani e di rondini sopra le case, suoni di campane.

Provai tristezza quando vidi che il vecchio cimitero vicino alla chiesa era diventato un campo di pallacanestro, abbandonato; che nei grandi sarcofaghi erano stati buttati i rifiuti, che antiche e belle lapidi con nomi veneziani erano state spezzate e giacevano tra le erbacce, che su strati di cartoni avevano dormito drogati, sbandati e ubriachi. Merde e siringhe in un luogo da dove si può vedere un paesaggio tra i piú belli, segnato dall'alto campanile veneziano: punto di riferimento per tutti i pescatori istriani e chioggiotti.

Ritornavamo all'imbrunire per bellissime vie tra le case con rossi gerani ai balconi; ogni tanto si aprivano

visioni verso il mare aperto o verso l'interno sul verde dell'Istria.

Da una piazzetta raccolta e pulitissima dove gli automezzi non riuscivano ad arrivare, ancora la prima sera sentimmo voci di ragazzi che non parlavano serbocroato o italiano: era un bellissimo dialetto veneto-chioggiotto. Cosí mi pareva, e rimasi come folgorato. Un gruppetto di ragazzi che giocava allo stesso modo di noi sessant'anni prima.

Andavamo a cenare in qualche trattoria non sempre buona. Le buone erano molto costose e ricercate dai ricchi dei panfili. Nei ristoranti e nelle pizzerie c'erano i turisti tedeschi che s'ingozzavano di pesce scongelato che proveniva da Livorno, l'avevo letto sulle casse che sbarcavano certi pescherecci. O pollo fritto e patatine. Un odore greve si sentiva nei dintorni.

In una di quelle sere andammo a vedere la partenza dei pescherecci d'alto mare; erano quelli che poi portavano il pescato alla fabbrica d'inscatolamento. C'era animazione: sul molo sostavano le donne dei pescatori con bambini in braccio o attaccati alla sottana; a coperta i marinai si preparavano la cena sui bracieri, dove cucinavano sardelle e sgombri. Il buon odore si spandeva tra le barche. Quando mi avvicinai vidi che completavano la cena con polenta bianca di mais e vino rosso.

Dopo aver salutato la partenza dei pescherecci con un cenno della mano, notai che accanto a me c'era un uomo dal volto pensoso; indossava un maglione, pantaloni ruvidi di tela e scarpe di pezza sui piedi nudi. Come rivolgendosi a me disse: – Staranno via una decina di giorni. Speriamo trovino bel tempo, la luna è buona.

Chiesi qualche spiegazione, e lui a me da dove venissi. Ci accompagnammo a camminare lungo Sottolatina. Da allora ci ritrovavamo ogni sera e si passeggiava sino a notte tarda. Gli raccontavo della mia amarezza dopo aver visto come l'autogestione imposta dall'alto avesse guastato cose d'arte e storiche. Dove erano finite le pale del Vivarini che da secoli stavano nella Basilica Eufrasiana di Parenzo? Forse in qualche appartamento di un miliardario americano? E perché a Pola nel Museo archeologico romano, che si trova nei sotterranei dell'Arena, ci sono le didascalie in serbo-croato, in tedesco, inglese, francese, russo e non in italiano? E in nessuna libreria di Pola era riuscito a trovare un libro italiano e unici tradotti in serbo-croato erano quelli di Papini? Gli dissi quello che avevo trovato nel Cimitero monumentale a Santa Eufemia.

Alla mia indignazione il nuovo amico opponeva un mesto silenzio. Forse voleva dirmi: «Sí, queste cose hanno fatto. Ma agli uomini. Cosa hanno fatto agli uomini?»

Camminando lungo le rive della Val di Squero mi raccontava della sua vita da ragazzo in *quest'angolo di paradiso*. Cosí chiamava la sua terra d'Istria. Una sera ci invitò a cena; abitava con Maria a fianco della torre con l'orologio, in un alloggio che si raggiungeva salendo quattro ripide scale, camera, cucina e un piccolo servizio. Ci avevano preparato una zuppa povera, ossia con il pesce da lui pescato quella mattina che le trattorie dei buongustai e i ricchi dei panfili non richiedevano; fu invece una zuppa buonissima e saporita. Avevo portato una bottiglia di vino, ma mi sorpresi non poco a vedere che lui beveva

solo un bicchiere di birra dopo averla riscaldata in un pentolino.

L'ultima sera, quando ci salutammo, mi fece dono di un suo libro di poesie: *Favalando cul cucal Filéipo in stu canton de paradeiso*. Mi aveva parlato, in quelle sere, del gabbiano Filippo che due anni prima si era avvicinato alla sua barca veleggiandoci sopra: lui aveva buttato mezza sardina in mare e il gabbiano si era precipitato a mangiarla. Da allora lo aveva fatto altre volte perché gli era sempre parso il solito gabbiano. Un giorno Filippo era venuto a posarsi in poppa e si erano guardati in silenzio. Ora, ogni volta che usciva, quando era al largo, veniva raggiunto dal gabbiano che lo lasciava quando girava la barca per rientrare all'ormeggio. Sul fianco della sua barca aveva scritto *Filéipo*.

Ritornato tra le mie montagne lessi le sue poesie e capii che dietro quei versi in antica lingua di Rovigno, con influssi chioggiotti, genovesi e veneziani, c'era una vita difficile e tanta sofferenza.

Gli mandai *Il sergente nella neve* e altri libri. Un giorno ricevetti, spedito da Trieste, un suo manoscritto che aveva per titolo *Martin Muma*. Martin Muma era un personaggio del «Corriere dei piccoli» degli anni Trenta; ragazzo leggero come una piuma, veleggiava nella vita. Lessi quello che Ligio mi aveva raccontato in quelle notti lungo il mare, della sua vita da ragazzo tra campagna e scogli, ma anche quello che non mi aveva detto e che, forse, avrebbe voluto dirmi.

A sedici anni era stato staffetta veloce tra mille pericoli al tempo della lotta partigiana, poi si era diplomato maestro e aveva insegnato ai ragazzi di lingua italiana. Un giorno lo chiamarono a Pola alla sede del Partito comunista perché si diceva che non seguisse la linea di Tito. Aveva risposto che gli spiegassero perché Stalin aveva torto e Tito ragione. No, non c'erano spiegazioni, perché cosí era stato deciso. Lo deportarono sull'Isola Calva. Calva perché non vi cresceva alcuna vegetazione e lí, con altri dissidenti da rieducare, lo misero ai lavori forzati. Forzati perché inutili: consistevano nello spostare con barelle pesanti carichi di pietre, tra punizioni, gridi di scherno e d'incitamento: «Tito-Partija!»

Questa la rieducazione, ma Ligio faceva parte di quegli uomini miti di carattere e piú forti di ogni imposizione.

Quando dopo due anni di permanenza sull'Isola Calva venne rimesso in libertà, si rese conto che nel frattempo aveva perduto tutto; anche la tenera moglie e i figli l'avevano lasciato al suo destino. Fece per anni il pescatore solitario, voleva continuare a vivere in *quest'angolo di paradiso*. Nell'estate del 1990 una rivista di Fiume gli pubblicò *Martin Muma*. Nell'estate del 1993, per malattia non per sua volontà, se ne andò per i mari senza inizio e senza fine e anche il cucal Filéipo se n'è andato per conversare con lui.

Autunno

Fino a cinquant'anni fa i nostri pastori scendevano dagli alpeggi a fine settembre perché avevano acquisito il diritto di sostare ancora una settimana sui pascoli delle malghe che le vacche avevano lasciato liberi a San Matteo. Ora capita che le greggi rimaste scendano verso il piano con un anticipo di almeno venti giorni perché sempre meno vengono pascolati argini e terreni incolti attorno alle città. Ma per quanto ancora vedremo esercitare cosí la pastorizia nomade, un'arte tra le piú antiche nella storia dell'uomo?

Le prime brine, lassú sulle quote piú alte, hanno rinsecchito gli ultimi fiori e nei luoghi a nord, che il sole sfiora per pochi minuti a fine giugno, permane quell'odore caratteristico di iodio, muschio e felci. I marassi cercano l'ultimo calore sulle pietre assolate; le marmotte portano nelle tane bocconate d'erba secca per prepararsi il letto per il letargo invernale, ma anche mangiano con avidità quel che rimane di verde per mettersi attorno il grasso che consentirà loro di vedere rifiorire la primavera.

In certe giornate limpide di sole e pulite dal vento, da Cima XII o dal Castelnuovo si possono ammirare le Alpi dal Bernina alla Vetta d'Italia e, girando lo sguardo dalla parte opposta, il baluginare dell'Adriatico e, ancora piú lontani, gli Appennini tosco-emiliani. Anche da laggiú, in una mattina cosí, uno con commovente stupore potrebbe scorgere dal campanile dell'isola di San Giorgio il lungo e possente dorso di Cima Portule.

Sono questi i giorni piú belli per camminare le montagne alte dell'Altipiano da soli o con poca compagnia; i larici incominciano a prendere il colore dell'oro vecchio e le azzurre genziane sembrano amplificatori del sottosuolo che imprigionano il calore e la luce del sole.

Volano alti gli uccelli di passo, chiamandosi in volo. Se il tempo è bello, sostano sui pascoli o nel bosco, ma se una burrasca li minaccia da nord o da est, allora si affrettano e il loro canto, invece di richiamo, diventa un invito a volar via in fretta.

Le prime piogge di fine settembre lavano i residui dell'estate e ogni foglia d'erba, ogni ramoscello ha la sua perla. I cervi e i caprioli, immobili dentro il bosco, godono della pioggia che li lava e li libera dai fastidi degli insetti alati. Anche per noi è bello e liberatorio andare con stivali e mantellina impermeabile tra la pioggia, vagabondare senza prefissare una meta e incontrare con reciproca sorpresa uno scoiattolo che ti fissa da un ramo, o gli occhi di un pettirosso immobile dentro un cespuglio di rose canine carico di bacche rosse.

I tuoi passi si confondono con il rumore delle gocce che cadono sugli alberi e poi nel sottobosco con rumore piú forte; con questo tempo diventa piú probabile avvicinare e sorprendere quegli animali che con l'uomo hanno poca dimestichezza o che per esperienza lo temono. Come il mitico urogallo e il fagiano di monte, che per non bagnarsi le penne e rendere faticoso l'involo amano camminare cercando pastura lungo i sentieri; cosí può capitare di vederli camminare davanti a te. Fermati, non spaventarli: lasciali andare e pensa come a noi sia fastidioso il telefono quando stiamo mangiando. Se sorprendi il cervo o il capriolo non spaventarti; ammirali rimanendo immobile: dopo il loro grido d'allarme che ti ha cosí impressionato saranno loro ad allontanarsi.

Tante cose nel corso delle stagioni la natura può insegnare a chi osserva; ma è nell'autunno che il bosco si fa leggere con chiarezza: lo sviluppo delle crescite annuali degli alberi, la maturazione dei frutti e delle drupe nel sottobosco e, magari, le brutte tracce del passaggio degli uomini incivili.

Dall'abbondanza delle squame e dei torsi degli strobili sotto le conifere possiamo intuire le famiglie degli scoiattoli acrobati sopra le nostre teste, da una rosso-bianca amanita muscaria sbocconcellata puoi supporre che un capriolo o un cervo l'abbiano ricercata per drogarsi. Forse potrai sorprenderti nel vedere un cerchio, o due cerchi a forma di 8 attorno a un giovane abete o a un faggio: è come un sentiero battuto e tutt'intorno l'erba è calpestata e anche strappata; qui, tra luglio e agosto, i caprioli avevano fatto la *giostra*, ossia quando erano quasi pronti per l'accoppiamento maschio e femmina si erano insistentemente rincorsi emettendo dei fischi come sospiri amorosi.

Non mi sentivo di andare in Val Trompia, in quella famosa fabbrica d'armi, per comperare un fucile da caccia, presentandomi con quel biglietto che mi aveva scritto a Viareggio Paolo Monelli quando mi diedero il premio per *Il sergente*: «Vai dai Beretta con questo e scegli un bel *fusil da caza*. Ti faranno un buono sconto».

Anche se con lo sconto, non mi potevo permettere un fucile troppo costoso. Avevo degli impegni; per questo incaricai Lambi, un cugino di terzo grado che aveva bottega dove con i casalinghi vendeva cartucce da caccia, bossoli, polvere da sparo, pallini. Gli dissi: «Cercami un fucile non costoso, buono da bosco e da montagna, non troppo pesante, calcio all'inglese e a cani esterni. Sulle trentamila lire».

Era quanto potevo permettermi per quello che veniva considerato quasi un capriccio.

A Milano, in una famosa e antica armeria, trovò quanto desideravo: una doppietta Bayard, 65 cm di canna, la prima quasi cilindrica buona da bosco, la seconda con strozzatura da montagna aperta. Il certificato di fabbricazione e di prova portava la data del 1938. Pesava poco piú di tre chilogrammi. Anche il prezzo era onesto. Me lo sentii come fosse stato fabbricato su misura per me e mi promisi d'inaugurarlo sparando solo su selvaggina alpina o beccacce. Piú che a Hemingway avrei voluto assomigliare a Turgenev, e come compagno di uscite avrei voluto il caporale Pintossi della prima squadra fucilieri del primo plotone, che sul Don mi parlava del suo cane e delle coturnici del Passo di Gavia. Non ritornò dalla Russia. Mi diceva: «Quando ritorneremo andremo a caccia insieme».

Quell'anno, era il 1953, dopo San Matteo, con

Roberto e Alcide, ancora prima dell'alba ci incamminammo verso una bella montagna buona da galli e da coturnici. Era caldo che sembrava ancora agosto; l'aria secca non aveva lasciato umidità sul terreno. Forse si erano rifugiati nella mugheta piú fitta e intricata. Le pernici bianche ci erano volate via da lontano, verso pareti al nord dove era impossibile cacciarle. Stanchi e accaldati prendemmo il sentiero del ritorno sperando nel premio di consolazione: un lepre, o una beccaccia che aveva anticipato, dentro il bosco umido dove il sole non arrivava.

Fu alla Croce del Diavolo, da una *busa*, che d'improvviso s'involò un bellissimo gallo. Avevamo il fucile in spalla, immalinconiti, stanchi e distratti per la giornata negativa: – È lungo, – dissero i miei compagni. Ma io avevo già il fucile in linea di tiro. (Per essere svelto la guerra mi aveva insegnato a portare il fucile sulla spalla sinistra: viene piú rapido il movimento mano sinistra - impugnatura lunga, mano destra - impugnatura - grilletto).

Ripeterono: – È lungo! – Me lo vidi giusto e lasciai andare la fucilata con la seconda canna dove tenevo la cartuccia piú buona. Sí, il bel gallo era lontano ma lo vidi centrato e poi cadere sull'erba di una radura tra i mughi piú fitti. Cosí inaugurai la mia bella Bayard, comperata con il premio Viareggio.

La cagna me lo riportò. Con uno stecco a uncino, senza rompere, lo ripulii dalle interiora che odoravano di mirtillo e con il temperino lo liberai dal ventriglio che conteneva pietruzze di selce e fogliette di mirtillo rosso. Era davvero un bell'esemplare di *Lyrurus tetrix* e la fucilata non l'aveva rovinato. A quella distanza aveva preso solo due o tre pallini. Riprendemmo il sentiero e come seguito di un pensiero dissi ai due compagni: – Se siete d'accordo, questo gallo vorrei regalarlo a un amico che abita a Milano. Pareggerò con le beccacce.

Il lunedí mattina, prima ancora di andare al lavoro, confezionai il bel gallo in una scatola con felci di bosco e lo portai alla Posta: pacchetto urgente per Elio Vittorini. Fui sciocco a non spiegare con poche parole che cosa era quell'uccello e come si doveva preparare. Naturalmente un siciliano non poteva conoscere un tetraonide e la signora Ginetta certamente non ne aveva mai cucinato uno, nemmeno gli amici che frequentavano la loro casa. Dopo qualche tempo Vittorini mi disse che quel volatile era certamente molto bello, che non avevano saputo dargli un nome, e che a mangiarlo era selvatico e coriaceo. Da allora, all'autunno, gli mandavo solo tordi.

Per il mio secondo libro, *Il bosco degli urogalli*, fu diverso. In quell'autunno del 1962 c'era stato a Padova un convegno italo-francese tra amici pittori, poeti e scrittori. La signora Niní pensò di ospitarli una sera nella sua bella villa settecentesca nei pressi di Arquà Petrarca. C'erano Diego Valeri, Tristan Tzara, Aldo Palazzeschi, Giovanni Comisso, un poeta francese che non ricordo. Insomma, con le signore, una dozzina in tutto. Diego Valeri, che mi aveva manifestato il suo entusiasmo per *Il bosco degli urogalli*, mi aveva fatto sapere che sarebbe stato davvero bello poter festeggiare con selvaggina, proprio come nel Settecento. Naturalmente mi invitava a essere con loro. Per l'occasione potei mettere insieme due beccacce, due francolini di monte e due pollastri di gallo forcello. Aggiungendo in un biglietto che i tordi li avrebbero trovati sul mercato di piazza delle Erbe, a Padova, e che io non potevo esserci perché il capoufficio mi aveva negato il permesso. Aggiunsi pure una lettera per Valeri e i suoi amici dicendo che le beccacce, come poeti e letterati, dovevano ben sapere cosa fossero; per i francolini spiegavo che i nostri montanari ne facevano dono ai dogi e ai patriarchi per le loro *isquisitissime carni* e che i pollastri di gallo forcello erano cresciuti mangiando uova di formica, fragole e mirtilli.

Certamente quella serata fu particolarmente bella tra amabili signore, poeti e pittori, ottimo vino, frutta colorata d'autunno, fuoco nel grande camino.

Dopo qualche giorno che era partita la cassetta con la selvaggina a mezzo della corriera Asiago-Padova, mi venne il dubbio che non mi lasciava, orribile, di aver scritto *connifere* là dove spiegavo l'habitat del francolino di monte, *Tetrastes bonasia* ecc. Chissà, pensavo con vergogna, cosa avrà detto Diego Valeri leggendo la mia lettera. Mi davo dell'ignorante, dello zotico montanaro. Mia madre e la maestra Elisa mi avrebbero ripreso mettendomi in ridicolo per il mio italiano scritto da un dialettofono che mette consonanti doppie dove non occorrono e non le usa dove ci vogliono. Ora, a distanza di tanti anni, Valeri e anche Comisso, e pure Migliorini, sorriderebbero bonari della mia vergogna di allora. Un giorno Migliorini, sui miei dubbi sorrise e mi disse: – Non preoccuparti, la lingua è una cosa viva e non farti correggere troppo dai pedanti delle case editrici.

Certamente, quella sera della favolosa cena, anche

se avessi scritto *connifere*, Diego Valeri non avrebbe rivelato il mio banale errore; certamente avranno gradito e gustato in bella compagnia la selvaggina dei miei monti.

Quando viene l'ottobre, con le sue piogge arrivano anche le beccacce che hanno lasciato i luoghi di nidificazione del Settentrione dove il terreno gela e il giorno è sempre piú breve; sostano qui prima di raggiungere i luoghi dello sverno nel nostro Sud. È il momento magico del bosco, dei silenzi, delle albe nebbiose, dei colori smorzati verde-bruno-giallo in tante tonalità che a tratti una luce misteriosa rende evidenti nel sottobosco pre-invernale. Certe volte ti fermi ad ascoltare il campanello e poi il trotto di un cane del cacciatore solitario che passa, si allontana e svanisce dentro il bosco.

Tra i possibili modi di cacciare, questo d'autunno – con la pioggia e con un cane in luoghi che ben conosci, con un fucile che senti tua continuazione, e l'ora e la stagione, e i ricordi che ti accompagnano – ti fa intensamente partecipare a un mondo che senti esclusivamente tuo, che ti aiuta a capire le stagioni della tua vita che nessuno mai potrà rubarti.

Con le piogge dell'autunno arrivava anche la noia della domenica pomeridiana; non si poteva giocare sulla strada e nemmeno sui prati, o lungo il torrente che diventava giallo e impetuoso. Non sempre, poi, si avevano quei cinquanta centesimi di lira per pagare l'ingresso al cinema parrocchiale dove davano i film di Tom Mix.

Elsa, mia cuginetta di secondo grado, aveva avuto in dono dal padre un teatrino con alcune marionette, bello e completo anche se piccolo, cosí in quell'autunno piovoso del 1932 pensammo di fare teatro per i bambini e i ragazzi della nostra via nella ex stalla dei cavalli di casa mia. (I miei avevano sostituito i cavalli con un autocarro Fiat 15 Ter residuo della Grande Guerra, che stava nel portico).

Pulimmo ben bene la stalla e diedi persino una mano di calce alle pareti; preparammo un supporto a giusta altezza dividendo il palcoscenico dalla platea con teli di iuta che erano serviti a raccogliere il fieno; in platea, come sedili, sistemammo balle di paglia e tavolame d'occasione, allestimmo i posti a sedere graduando l'altezza dal basso verso l'alto. La sala fu pronta dopo una settimana di lavoro pomeridiano.

Restava da creare lo spettacolo. Feci delle prove con delle favole di Andersen che mi erano particolarmente piaciute, con brani di *Pinocchio*, con storie di fate e di maghi. Riuscivo persino a fare tre voci: da uomo, una sottile da donna, una grossa da diavolo o mago. Elsa mi faceva da aiutante passandomi le marionette, suggerendomi quando non trovavo l'attacco giusto; era anche lesta a cambiare le scene dopo aver calato il sipario.

La notizia si sparse tra i nostri amici e c'era attesa per il pomeriggio della prima. Elsa e io pensammo di far pagare l'ingresso per coprire le spese, che erano per le candele, la pece greca, gli acquerelli per dipingere le scene e le quinte. Stabilimmo dieci centesimi per le bambine e quindici per i ragazzi. Pioveva forte quella domenica d'ottobre, facemmo un pienone e il nostro spettacolo fu un successo.

Naturalmente si cambiava programma a ogni rappresentazione e tre o quattro erano i nostri soggetti; i burattini erano: Pinocchio, Orlando e Angelica, il dottor Balanzon, la Fata, il Mago, il Diavolo. Sapevo improvvisare dei colpi di scena che davano forti emozioni e il mio pubblico reagiva con esclamazioni o incitamenti.

Orlando faceva fuggire a fendenti di spada il mago Merlino al fine di liberare Angelica; Pinocchio non voleva la medicina della Fatina dai capelli turchini; Arlecchino prendeva a bastonate il conte Bragheonte; il Diavolo compariva in scena da una vampata che creavo facendo cadere una presa di pece greca pestata fina fina sulla fiamma di una candela. A questa apparizione i bambini piccoli si spaventavano.

C'era pure la comica finale con una canzoncina che chissà dove e come avevo sentita, forse in una sagra o al Teatro del Patronato. Cantavo *Martino e Martina* che litigavano perché, ora l'uno ora l'altra, al mercato avevano comperato delle cose che l'altra o l'uno dicevano troppo costose, si erano fatti imbrogliare, insomma. Per un cappello, per un paio di zoccoli, una pignatta, una gallina, uno scialle. Martino e Martina discutevano, si beccavano, litigavano a voce alta ma alla fine facevano la pace con un bacio e un balletto. Applausi, bis!

Andammo avanti cosí finché non venne la neve, ché ci divertiva sciare.

L'anno dopo, con le piogge autunnali, ripresi le rappresentazioni. Nel frattempo Elsa e io, con tavolame di recupero, avevamo costruito un teatrino piú grande, con altri scenari, un bellissimo sipario con dipinto un castello. Avevamo persino creato altri personaggi. Con la creta scavata in un luogo particolare del torrente avevamo fatto testa e busto di nuove marionette e le rendemmo di terracotta cucinandole nel forno di casa; per gambe e braccia ci aggiustammo con pezzetti di legno dolce, per i costumi con pezzi di stoffa, di cotone e di seta avuti dalle nostre madri. Cucimmo persino i costumi con una vecchia macchina da cucire di marca tedesca.

Il successo si ripeté e cercai d'inventare altre storie. Un sabato, quando andai con dieci centesimi a comperarmi «Il monello», Nini, il giornalaio, mi disse che aveva un libretto di teatro che certamente andava bene per i nostri spettacoli. Costava cinquanta centesimi, ma avevamo un po' di cassa.

Erano troppi i personaggi della *Locandiera* di Carlo Goldoni: Mirandolina, il conte d'Albafiorita, il marchese di Forlipopoli, il cavaliere di Ripafratta. Erano troppi. Cosí cercai di eliminarne qualcuno e alla fine rimasero sul palcoscenico soltanto Mirandolina, Fabrizio e il cavaliere di Ripafratta. Povero Goldoni, come lo avevo maltrattato!

Devo dire che non fu un successo e l'anno dopo, l'ultimo della mia carriera di teatrante, lo levai dal programma.

Nel nostro Altipiano ci sono due luoghi, forse anche tre, dove i cervi a ottobre lanciano i loro bramiti d'amore: è una forte voce di richiamo, di sfida e di possesso di un territorio che si fa sentire anche lontano. È il segno certo della loro presenza anche per chi non li vede. In questa stagione il colore del loro mantello è cambiato e da bruno rossastro è diventato bruno-grigio con sfumature piú scure; i maschi adulti hanno attorno al collo il pelo lungo e folto come una criniera; lenti e possenti esibiscono la loro *corona* e si mettono in mostra controluce per manifestare alle femmine e ai maschi concorrenti la loro possanza.

Girano per le montagne in cerca del branco delle femmine, mugghiano nella sera come a dire: «*Sono qua... sono qua, guardatemi*». I giovani maschi che seguono l'harem rispondono con bramiti meno possenti: «*Ci siamo anche noi... noi*». I cervi maschi, dicono gli esperti, hanno molte possibilità di comunicare vocalmente tra di loro, di far capire quando è il momento di osare o di ritirarsi e abbandonare il campo. La lotta per il possesso della femmina è piú visiva e uditiva che di forza, ma accade anche che questo non sia sufficiente ad allontanare il rivale, e allora si passa alla lotta di forza fisica intrecciando i palchi delle corna, spingendo, puntando gli zoccoli, tendendo i muscoli, facendo cerchio a testa bassa. Chi soccombe viene inseguito per breve tratto dal vincitore che gli lancia come delle risate di scherno: «*Via... via*». Poi ritorna a controllare e a riunire il gruppo delle sue cerve.

Le foglie degli aceri montani hanno preso la luce dall'ambra e la brezza del mattino le stacca dai rami, adagiandole al suolo. I sorbi dalle rosse e lucenti bacche sono irresistibile richiamo alle cesene e alle tordelle;

i galli forcelli si radunano sui solivi nelle radure tra i mughi, ma quando il tempo minaccerà neve, allora saranno lesti a cercare rifugio nelle *buse* riparate dal vento. I prati attorno alle contrade e i pascoli si sono adornati degli ultimi fiori: i colchici autunnali dai colori azzurri e violetti. Nel bosco gli ultimi funghi sono i cortinari viola e gialli, l'agarico violetto, l'agarico nebbioso. Qualche raro porcino cresciuto con l'ultima lunazione d'autunno è golosamente ricercato dalle arvicole e dagli scoiattoli. Il sottobosco emana odori di legni marcescenti, di muschio, di funghi, di bacche appassite.

Arrivammo il pomeriggio e l'autunno era avanzato; le mele erano state raccolte, l'uva pigiata e nei masi alti aspettavano l'inverno giacché la montagna sopra i duemila metri si era imbiancata con la prima neve. Dal Passo di Vezzena avevo dato uno sguardo dall'Adamello fin dentro l'Austria; il Gruppo di Brenta con la Tosa e i Campanili pareva a un tiro di schioppo tanto era limpida l'aria.

Prima di risalire per la Val Venosta facemmo una deviazione per salutare Giorgio Menz. Ad accoglierci fu il cane Waldmann, che si aggirava per il cortile con aria svagata. Si avvicinò alla nostra macchina ringhiando e quando uscimmo abbaiò sordo mostrando i denti; dopo che ci annusò mi permisi di grattargli la testa, ma subito si allontanò sdegnoso.

Giorgio Menz stava lavorando in cantina al vino nuovo ma venne lieto ad aprirci la porta della sua casa antica e ospitale. La sera incominciava a scendere nelle valli; la stufa di ceramica bruciava pino odoroso e nel tinello tutto caldo di cirmolo lustrato dalle generazioni bevemmo vino vecchio di viti burgunde. Ci raccontava le ultime prodezze del suo cane. – Giorni fa, – diceva, – mi hanno telefonato dalla Val di Fiemme perché un cacciatore aveva ferito un capriolo che si era reso introvabile. Che andassi io con Waldmann perché i loro cani l'avevano perduto. Alle sei del mattino mi avrebbero atteso davanti alla chiesa di Ziano.

L'indomani Menz e il suo cane erano lí e subito si incamminarono su per il fianco del monte. Era ancora buio. Arrivarono dove il cacciatore aveva sparato e si misero a studiare il luogo.

– «Non perdiamo tempo, – diceva uno, – andiamo direttamente fin dove i nostri cani l'hanno seguito. È molto piú in basso, laggiú verso il torrente».

«Lasciate fare al mio cane, – dicevo io. – Non abbiate fretta». Lo tenevo a cinghia lunga e Waldmann annusava tutt'intorno bighellonando. Poi fece un lungo giro e invece di prendere verso valle incominciò a salire deciso verso monte.

«Non per di là, – mi gridava quello che aveva sparato. – Il becco è andato verso il torrente; è stato colpito e non poteva risalire la montagna».

Ma Waldmann, indifferente alle voci dei cacciatori, tirava in su e Menz lo seguiva. Dopo una buona mezz'ora il cane si fermò per segnalargli una goccia di sangue chiaro su una foglia d'erba. È ferito ai polmoni, aveva pensato Menz, non può essere lontano. Gli altri, dal basso, gridavano: «Torna indietro, quel cane è matto».

Poco piú sopra c'era un ripiano fitto di ontani e di

erbe secche; Waldmann rizzò il pelo sul collo e abbaiando diede un balzo strappando la cinghia dalla mano di Menz. Il capriolo borí e contemporaneamente il cane l'afferrò alla gola cosí che insieme precipitarono per un canalone. Menz vide cane capriolo foglie e sassi rotolare. Girava la testa per non guardare e tornava a girarla per vedere dove sarebbero andati a finire. Questa volta si ammazza anche lui, aveva pensato.

Infine li raggiunse in fondo al canalone; il capriolo era già morto e il cane ancora gli teneva i denti nella gola. Solamente quando vide avvicinarsi il suo padrone lasciò la preda per avere in cambio un pezzetto di cioccolata. Waldmann era goloso di cioccolata.

A sentire storie di caccia e di cani le ore passano in fretta, ma prima di proseguire per Naturno pregai Menz che facesse vedere a chi mi accompagnava la sua stanza con i suoi trofei e le sue cantine. La stanza era ricolma di fucili da caccia antichi e nuovi d'ogni genere e calibro, dai preziosi e pesanti fucili da tiro a segno del Settecento, ai drilling; poi racchette da neve, porta-polvere da sparo, borse per pallini, zufoli e arnesi per richiamo, bastoni, binocoli e cannocchiali, trofei, pelli di volpi e di martore, coppe, medaglie, stampe ottocentesche, corni da caccia. Ad ogni trofeo di camoscio, cervo, capriolo era appaiata la relativa mandibola, perché solo esaminando questa si può determinare l'età precisa e quindi riconoscere, analizzando lo sviluppo delle corna, lo stato generale del soggetto abbattuto. Dati essenziali ai fini degli interventi per l'equilibrio della riserva.

Erano centinaia e ognuno con la sua storia scritta in un cartellino: la camozza di ventun anni, dalle corna esili per i troppi parti e i denti consumati, il cervo che era arrivato dalla Svizzera da tanto tempo e che infine decisero di abbattere: aveva il contrassegno all'orecchio e fecero una riunione per determinarne l'età: chi diceva diciassette chi vent'anni, chi diciannove; Menz e un suo amico dissero ventitre anni. Mandarono il contrassegno in Engadina e da lí risposero ventitre. Il piú bel trofeo di capriolo, da medaglia d'oro, l'aveva raccolto nell'Alta Val di Fosse ed era di un soggetto che era sempre vissuto in quella zona, sui duemila metri, fra i pascoli dei camosci e il bosco, entro uno spazio di pochi chilometri quadrati: aveva sette anni. Molti erano i trofei anomali, malformati o poco sviluppati: tutti erano stati oggetto di studio per capirne le ragioni. Insomma cacciatore sí, ma anche naturalista e amico della natura: – Quante belle cose – disse alla fine – potrebbero fare i cacciatori; penso lungo tutti gli Appennini dove le terre sono abbandonate: caprioli, daini, cervi a decine di migliaia.

No, della cantina profonda e che risale all'epoca carolingia, e del vino bevuto lí sotto non voglio dire: è come la stanza di un poeta dove sono conservati manoscritti preziosi. Lasciammo quel luogo addolorati nel cuore.

Quando giungemmo a Naturno era già notte; il Rettore della Caccia si era stancato di aspettarci ma un altro cacciatore, il maresciallo dei carabinieri comandante la Stazione, sapeva del nostro arrivo e ci accompagnò alla Trattoria del Ponte. Lí trovammo Rodolfo Schnitzer con i guardacaccia e altri cacciatori che subito ci offrirono vino: – Domani è Sant'Uberto e siete nostri ospiti; qualcuno che conosce le usanze vi farà da guida. Il raduno è per domani mattina alle cinque al Castello delle Spine e questa trattoria è la nostra base.

Il mattino era limpido di stelle, ma freddo; l'Adige portava all'Adriatico l'acqua dei ghiacciai dell'Alta Venosta come fa da millenni. Il castello è fuori dal paese, su un dosso a dominare la valle, e ci si arriva per una strada con il selciato lisciato dai passi. Ogni qual tratto a dei supporti in ferro erano accese delle fiaccole per illuminare la via e due erano sotto l'arco della porta; dentro il primo cortile altre fiaccole ardevano attorno alle mura e cacciatori con i segugi al guinzaglio e fucili in spalla parlavano tra loro sottovoce. Dicevano: – Weidmannsheil! – tendendo la mano a ognuno che entrava. Nel giorno di Sant'Uberto è il saluto che si scambiano non solo i cacciatori ma anche i ragazzi, le donne, i vecchi, il sindaco e il parroco. Salute all'uomo dei boschi!

Arrivarono il sindaco, il parroco, il capo dei cacciatori del Distretto. Nel silenzio della notte dagli alti spalti del castello le note dei corni da caccia, come un richiamo dolcissimo, andarono lungo la valle, i boschi e i monti, le case dei villaggi: era il segnale di riunione che apriva la giornata. Ci avviammo oltre il ponte levatoio che ci separava dal corpo principale e per la pusterla sbucammo in una corte gentile con archi e travature scolpite, e affreschi sui muri dove altre torce ardevano; quindi per sale deserte nella chiesetta dal soffitto altissimo. Da una stretta finestra simile a una feritoia entrava la luce delle stelle e da lí era come sentire la storia di una valle alpina. I cacciatori non parlavano e anche i cani stavano composti: solo i passi sulle pietre antiche.

Dopo la messa e le preghiere del parroco per i defunti, con il suono dei corni nel cuore dei presenti, si aprirono i ricordi di amici trapassati, di boschi e di montagne, di albe e temporali, di animali selvatici, di cani. – Weidmannsheil! – disse alla fine sottovoce il parroco.

Tornammo fuori sul cortile. Nel quadrato del cielo sopra la nostra testa le stelle incominciavano a impallidire; dei ragazzi e delle ragazze dagli occhi vivaci fecero il giro dei cacciatori porgendo bicchierini d'acquavite. Delle donne nei loro costumi, tazze di brodo caldo e pane nero. Il Rettore della riserva dall'alto di uno spalto stabilí i gruppi e i luoghi di caccia. L'alba segnava i contorni delle montagne. I corni annunciarono che la battuta era aperta e ci avviammo.

I cani sarebbero stati liberati alle basi dei monti; il terreno di caccia era stato diviso tra i gruppi e gli impluvi segnavano i limiti. Il capogruppo mi assegnò la posta sopra un maso dove tre sentieri s'incrociavano e un Cristo teneva lontani gli spiriti del male. Salendo sentivamo braccare i cani lungo la valle dove le lepri erano uscite alla pastura. Dall'alto vidi un cane attraversare un prato che s'incuneava nel bosco: abbaiava forte tenendo il muso basso e la coda come una bandiera. Il maresciallo dei carabinieri che faceva parte del nostro gruppo abbandonò per un attimo la sua posta, uscí di corsa sul prato e agitando le braccia e gridando deviò il cane dalla traccia. Davanti a noi sentimmo correre per il bosco, quindi vedemmo, il bel capriolo maschio risalire il monte: – Quel cane sarà giovane, – disse un mio compagno, – ma non doveva inseguire il capriolo. Se non perde il vizio... sole lepri deve seguire.

Per la valle, ora lontani ora vicini, ascoltavo i segugi sulle tracce dei lepri e le campane dei villaggi e le acque che scendevano dai nevai. Ero alla posta che mi avevano assegnato, aspettavo e mi sentivo come gli alberi, i cani, le lepri, gli uccelli: uno vivo nel mondo.

Un passo lieve venne dall'alto; vidi prima due piedi dentro due scarpe di pezza, poi, come avvallava, tutta la figura. Era una giovane donna che scendeva al paese per la messa domenicale. Rimase sorpresa nel vedere uno sconosciuto in posta di caccia dove solitamente incontrava un compaesano, ma pur io ero sorpreso per l'apparizione, perché non credevo che sopra il maso dov'ero passato ce ne fosse un altro: lassú la montagna era inospitale. La donna, passandomi accanto, mi diede il saluto dei cacciatori, sorridendo, e io sorridendo risposi.

Cosí com'era apparsa, sparí alla mia vista con passi agili sulle pietre del sentiero.

Dopo vennero gli scoiattoli; si divertivano a inseguirsi dai rami a terra, poi lungo i tronchi, fra i rami. Passò anche una capriola e mi guardò muovendo le orecchie e poi s'incamminò tranquilla.

Due cani si avvicinarono, li sentivo risalire la china abbaiando; deviarono dove finivano i prati, persero la traccia, la ritrovarono scagnando e dalla mia destra venne la fucilata, il grido d'avviso e poi il silenzio. Ancora un cane, uno solo, abbaiando sulla traccia, risaliva il sentiero verso di me: «Questo è mio, – mi dissi approntando il fucile allo sparo, – tra quel ceppo e quel larice gli posso sparare. Né prima né dopo».

Invece non venne da me perché forse aveva sospettato la mia presenza e girò a sinistra fuori dalla mia vista. Sentivo il cane correre e abbaiare e anche il suo respiro, sentivo ma non vedevo il lepre: vedevo la radura con erbe secche e funghi congelati, la fila dei larici, il dirupo. Uno sparo, un secondo sparo. Silenzio. Ecco, pensai, è finito.

Il lepre era passato sotto il tiro del mio compagno e lui gli sparò mentre stava correndo verso l'alto. Ribaltò per un canalone con scatti strambi perché era stato colpito alla testa e il mio compagno gli sparò una seconda volta per fermarlo prima che precipitasse in fondo. Cosí mi spiegò dopo che l'avevo visto attraversare la radura con il lepre penzoloni. Venne anche il cane ad annusarlo con aria soddisfatta: – È bravo questo cane, – e gli accarezzò la groppa.

Infine strappò quattro lunghi peli dai baffi del lepre per infilarli al lato sinistro del suo cappello: – È l'usanza, – disse. Facemmo colazione al sacco con pane nero, speck e vino buono. I corni suonarono per indicare la sosta meridiana e scendemmo a valle.

Anche il maresciallo dei carabinieri aveva fatto il suo lepre e insieme andammo alla Trattoria del Ponte dove tutti ci saremmo ritrovati. Sulle stanghe c'erano i lepri presi da quelli che erano arrivati prima di noi e quattro di questi stavano giocando a carte davanti a un litro di vino: sembrava la rappresentazione di una oleografia ottocentesca: i quattro visi, i loro gesti, le carte, il vino nei bicchieri, i cani che riposavano sotto il tavolo, i fucili aperti sulle panche, i trofei alle pareti.

A mezzogiorno mangiammo tutti assieme una minestra di tagliatelle e carne, nient'altro; bisognava stare leggeri per la battuta pomeridiana. Si parlava tra noi della battuta del mattino, dei cani, dei lepri, ma ben presto il Rettore si mise in piedi su una sedia e nel silenzio stabilí i gruppi per il pomeriggio. A un suo cenno i suonatori soffiarono nei corni e quindi uscimmo verso il fondovalle.

Il sole prendeva d'infilata tutta la vallata e il luogo che ci assegnarono era ben illuminato e tiepido. Sopra la strada c'erano i meleti, poi gli incolti dove gli accidenti del terreno non permettevano la lavorazione, infine boschi radi e pendii nudi e ripidi solcati da calanchi profondi. Tra gli incolti sparammo ai fagiani che scendevano velocissimi. Il maresciallo, che era toscano, e il carabiniere, che era napoletano, sparavano con precisione e il vecchio Sep Plazgummer, quasi novantenne, osservava soddisfatto tenendo il fucile in spalla. Sep era il piú vecchio cacciatore della valle ma fino a due anni prima cacciava al canto il suo gallo, da solo, arrampicandosi fino a dove c'era la neve.

Quando il sole andò dietro la montagna ritornammo alla Trattoria del Ponte per concludere la festa di

Sant'Uberto. Arrivarono i cacciatori con i mazzi di fagiani e i ragazzi che al mattino ci avevano porto la grappa li appendevano alle stanghe; i loro volti erano accaldati e felici e le stanghe si piegavano sotto il peso di tanta selvaggina. I cacciatori a mano a mano che arrivavano passavano la selvaggina ai ragazzi; guardavano e commentavano con poche parole il risultato della festa e poi andavano a bere un bicchiere di vino. Anche i quattro del mezzogiorno avevano ripreso la partita a carte.

I suonatori di corno si disposero a cerchio attorno alla selvaggina e suonarono il saluto con musica di Mendelssohn.

In attesa della cena si passò alla visita dei trofei di cervo, di camoscio e di capriolo dell'anno precedente. Esaminavano, parlavano da esperti, approvavano, criticavano. Gli anziani con aria piú assorta e staccata, i giovani con parole piú tecniche. Restavo in ascolto per imparare e raramente intervenivo per avere chiarimenti. Si parlò del cervo raccolto per la cena. Ad aiutare la famiglia dell'oste erano intervenute anche mogli e figlie dei cacciatori. Cervo con sugo denso, un canederle, pane nero e vino. Nient'altro.

Si parlò di selvatici, di caccia, di fucili e di cartucce ma anche di quando l'imperatore Francesco Giuseppe veniva in ottobre a cacciare a Malga Palazzo e s'incontrava con i nobili veneti; era l'unica volta che cacciava galli forcelli e coturnici con i cani da ferma. Dicevano che si divertisse di piú di quando andava in primavera al canto.

... e il Falzongher dice che quando il gallo cedrone viene disturbato non feconda piú le femmine perché lui è tanto delicato in queste cose, e che anche le galline quando il loro maschio viene ucciso non si lasciano fecondare da altro maschio. Per questo si è chiusa la caccia al canto...

Il maresciallo dei carabinieri capitato quassú dalla natia Toscana si sentiva in armonia con i compaesani tirolesi e il carabiniere parlava con il vecchio Sep in dialetto tirolese con accento napoletano. Sep capiva benissimo. Un giovane in costume sosteneva che bisognava fare una battuta alle coturnici e alle pernici bianche perché se s'imbrancano poi volano via da queste montagne...

– Chi vuole ancora cervo?

– Chi desidera sugo? – chiedevano le donne mentre il padrone riforniva i tavoli di bottiglie di blauburgunder.

In alto i camosci, che con la muta d'autunno hanno fatto quasi nero e infoltito il loro manto, si spostano verso i pascoli resi liberi dalle pecore che ora sono in cammino verso le barene della Laguna. Le femmine con i camoscetti si radunano in branchi mentre i maschi hanno già preso possesso di un territorio che, quando si avvicineranno le femmine, diventerà anche il campo delle contese amorose e che il *padrone* difenderà con caparbietà dimostrando ai concorrenti la sua supremazia in forza e bellezza: collo e testa eretti per mettere in risalto il trofeo delle corna, alto il folto pelo lungo la dorsale, movenze lente e maestose con scatti al fine di mostrare la sua muscolatura. Le sue femmine fingono d'ignorarlo ma, brucando, ogni tanto lo ammirano di sottecchi. Se al branco delle sue femmine si avvicina un maschio giovane e voglioso, viene accolto con segnali di minaccia e brevemente inseguito e allontanato con decisione; ma sovente si avvicina anche un competitore diventato adulto e altrettanto forte: avremo allora un inseguimento dell'avversario con corse sfrenate per ghiaieti, cenge, canaloni, pascoli, macereti e rocce come una durissima gara di resistenza e agilità dove a volte l'inseguito diventa inseguitore invertendo i ruoli sino allo sfinimento. Finché uno cede e si allontana in cerca di un altro harem.

Il vincitore ritornerà a marcare il suo territorio con l'orina, segnerà con le corna e la fronte sfregando i cespugli e i massi di roccia con i suoi fianchi. Le femmine entreranno in calore tra il novembre e il dicembre; anche loro si faranno rincorrere, ma questa è una corsa amorosa per appartarsi e non di fuga; i maschi possono perdere anche il trenta per cento del loro peso.

In un pomeriggio di un raro ottobre luminoso, sulla porta di casa mia si presentò un signore anziano, dritto ed elegante. Disse: – Ciao Mario, sono Arrigo.

Con lui c'era un altro signore molto piú giovane: – Questo è Antonio, mio figlio. Antonio come il fratello di mia madre, tuo nonno.

Arrigo lo conoscevo di nome perché mia madre mi aveva parlato di lui; era medico a Milano, primario o direttore di un grande sanatorio. L'aveva avuta in cura attorno agli anni Trenta e il figlio che le nacque dopo, mio fratello, volle battezzarlo con il suo nome. In un intervallo tra un fronte e l'altro, nel 1941, avevo conosciuto sua madre, la zia Maria-Anna, suo padre e sua sorella Ada. Vivevano a Pallanza in una bella villa sul Lago Maggiore e io in caserma a Intra. In comune con il medico Arrigo avevo il bisnonno Giulio, quello che nel 1848 era fuggito dal Seminario maggiore di Padova per andare a Venezia a fare la rivoluzione con Daniele Manin: avevamo in comune questo avo, ma anche l'appartenenza al Corpo degli alpini, stesso battaglione, il Vestone, stessa compagnia, la 55ª.

Ci sedemmo sulla panchina dell'orto vicino al bosco e lo sentii fratello maggiore. Ricordavo una fotografia di cent'anni fa: autunno 1906: i bisnonni, mio nonno, lo zio Ciro, le zie Maria-Anna, Ninella, Augusta, Lucrezia. Forse Arrigo è quel ragazzo composto e pensieroso seduto accanto a mia madre, ha posato sulle ginocchia un panama bianco, giacca abbottonata alta, cravatta. Anche mia madre è seria e pensierosa, aveva quattordici anni e tanti capelli neri raccolti sul capo; sulle ginocchia tiene sua sorellina Giuseppina, ardita e nota per i suoi capelli rossi. Di tutto il gruppo il piú estemporaneo e quasi con aria ironica e sprezzante è mio nonno materno Antonio: cappello buttato all'indietro sulla nuca, giacca sbottonata e senza cravatta. Sono nel cortile della vecchia casa che poi la guerra distruggerà. Quanta storia rileggo in quei volti.

Parlammo di cose antiche e il bosco giovane ascoltava. Sentivo la sua presenza come qualcosa che avevo aspettato da tempo per quel destino che allora conoscevo solo in parte, ma che sua madre e mia madre sentivano simili, se non uguali, nei momenti e nei fatti di due guerre mondiali tra loro lontane ventidue anni.

Quando venne sera Arrigo mi disse sottovoce: – Domani mattina vorrei camminare con te dalle parti dell'Ortigara. Sono sessant'anni che mi manca; prima di morire sono venuto da te per questo. Oggi sono già passato dal Cimitero per salutare il nonno Giulio e tua madre.

Non pensai alla sua fatica per l'età, al camminare per rocce e trincee, all'emozione dei ricordi legati a quei luoghi. Qualche anno prima erano stati sentimenti che anch'io avevo provato sulle rive del Don. Arrigo mi aveva chiesto una mano e non potevo rifiutargliela: – Domani sarà una bella giornata. Partiremo prima dell'alba.

Quando lui e suo figlio Antonio ritornarono in albergo volli ripassare la storia del Vestone e della nostra compagnia, la 55ª, dove lui era stato tenente medico dal 1915 al 1918 e io sergente dal 1941 al 1945.

Partimmo di buon'ora, appena dal Grappa venne l'alba luminosa che scese giú dalle montagne a penetrare nelle valli strette e profonde che circondano l'Altipiano. L'aria che risaliva era tiepida.

– Hai dormito bene? – gli chiesi.

– Non molto, ma ho riposato bene.

Mi ero proposto di camminare lentamente e di fare molte soste, piú che per la distanza per il dislivello. Nel sacco a spalla per lui e per me avevo pane nero e miele delle mie api, due thermos di tè, una borraccia d'acqua, una scatola d'alluminio con pere fresche, una bottiglietta di vino e una bella fetta di formaggio del Toni Nichel.

Sopra il paese di Gallio, prima d'imboccare la Valle del Kamul, scendemmo dalla macchina per pochi minuti: volevo indicargli il Monte Val Bella, il Sisemol, il Col del Rosso, il Canale del Brenta e, laggiú, la pianura e il baluginare della Laguna. Lui, su quei dossi, non c'era stato, li aveva visti dall'alto. Il Vestone arrivò lí a fine dicembre del 1917 e lui era già stato fatto prigioniero: – Le Melette, allora, sono queste alla nostra destra? – mi chiese.

Anche dopo la salita del Kamul, sostammo pochi minuti. Gli indicai le Pale di San Martino, la Cima d'Asta, le Vette Feltrine, la Marcesina bella. – Quello laggiú sopra la Marcesina è allora il Monte Lisser e quello sotto il Bosco del Menderle?

Avevamo lasciato suo figlio a Passo Stretto, fin dove poteva arrivare l'automobile; voleva restare solo con me. L'intesa era che ci saremmo ritrovati nel pomeriggio. Intanto Antonio avrebbe potuto farsi una bella dormita, o salire al Rifugio Cecchin, al Lozze, dove ci sono i memoriali, la chiesetta del battaglione Verona, il sacello per la raccolta delle ossa dei caduti, lapidi.

Da Passo Stretto, per la Busa di Moline e i Campi Luzzi andavamo in silenzio per la vecchia mulattiera che in tempi remoti era stata dei pastori e dei carbonai. Sulle pendici sovrastanti si aprivano le occhiaie vuote delle postazioni per mitragliatrici, sui detriti degli scavi delle gallerie e delle trincee l'erba non era ancora ricresciuta. Dove lo sguardo si allargava sulle pendici del Monte Chiesa e del Corno della Segala, o sulle trincee da dove il Vestone era uscito per l'attacco del 10 giugno, lo sorpresi che mormorava tra sé: – Meraviglioso... orribile.

Camminavamo lentamente da piú di un'ora e feci la prima sosta. Bevemmo un sorso di caffè bollente, mangiammo due quadretti di cioccolata amara; gli chiesi come gli andassero le mie pedule. – Va bene, fratello, – mi rispose. Fratello, non cugino, non nipote, non sergente.

– Nell'autunno del '16 la nostra compagnia era alla Busa della Segala e dovevamo dare l'attacco per prendere l'Ortigara. Invece venne improvvisa la neve. Tanta. Metri di neve. L'attacco fu sospeso e per tutto l'inverno vivemmo come talpe.

Gli ricordai quanto avevo letto nel *Giornale di guerra* di Gadda: «... Intanto stamane, giorno 26 ottobre 1916, è giunto di nuovo l'ordine di prepararsi a partire per Malga Fossetta per partecipare, se pur si farà, all'offensiva del XX Corpo d'Armata...»

Riprendemmo il sentiero e su un rialzo, sotto il Corno della Segala, dov'erano andati all'attacco il Mondoví e il Ceva, decisi il secondo alt perché vedevo la sua fatica.

– Vuoi un sorso di tè? – gli chiesi.

– Sí, grazie. Da qui in avanti è come se dovessi camminare tra i morti.

Si era levato le scarpe per camminare scalzo: – Non farlo, – gli dissi. – Abbiamo ancora sentieri pietrosi da percorrere. Rimettile, tenente Perin, – quasi gli ordinai.

Disse: – ... venne tanta neve da novembre a marzo. Si viveva dentro la neve e a maggio, con il disgelo, la guerra mostrò il suo volto piú orrendo...

C'era un bel sole tiepido e l'aria era limpidissima e profumata di pino mugo. Andavamo su tracce di sentieri tra i mughi bassi che uscivano dai crepacci di roccia; il suo sguardo ogni tanto si fermava su suole di scarpe con i chiodi. Sussurrava: – Queste erano nostre... queste di un austriaco –. Schegge di ossa si confondevano con schegge di pietra, caricatori vuoti di mitragliatrice Fiat 14 e di pistola mitragliatrice Villar Perosa; pezzi di reticolato. Ancora brandelli di stoffa. Quando giungemmo sotto la Roccia dei Ponari disse: – Fermiamoci qui.

Era affaticato, pallido. Lo aiutai a sedersi su una pietra dopo che ci avevo steso sopra un leggero cuscino di materiale plastico e aria che uso portarmi nel sacco a spalla. Gli feci bere un bicchiere di tè. Si guardava attorno come stupito e in silenzio. Il buon sole ci riscaldava. Dopo levò da una tasca un pacchetto di cartoncini, ognuno con uno spago legato a un'asola, e me li porse senza parlare. Erano uguali a quelli che si usavano in Albania e in Russia. La parte stampata portava scritto: Reparto | Grado | Cognome e nome | Luogo | Data | Ora | Ferito/Ammalato | Firma del medico.

Leggevo in silenzio gli stessi cognomi e gli stessi nomi dei miei compagni: i cognomi dalla Val Trompia alle rive occidentali del Garda. Su tutti quei cartoncini c'era in rosso una annotazione chiara: SI RINVIA AL REPARTO PERCHÉ NON FERITO A SUFFICIENZA. Li passavo dalla mano sinistra alla mano destra, leggevo e li riporgevo a lui.

– Eravamo qui, sotto queste rocce. Ci riparavano, ma non abbastanza, perché ogni tanto ci sparavano con il cannone dal Corno di Campo Bianco e anche quello del Colombara. Continuavo a medicare i feriti. Avevo anche finito il materiale. Alla sera del secondo giorno di combattimento i resti delle nostre compagnie si erano confusi con quelli del Sette Comuni e dei battaglioni dei piemontesi. Alpini veneti, lombardi, piemontesi e liguri, e fanti e bersaglieri, vennero a trovarsi insieme dentro la caldaia della battaglia: «Signur tenent, l'è 'na féra», mi dicevano i nostri feriti.

L'è 'na féra lo dicevano anche i miei compagni quella mattina di settembre del 1942 nella steppa del Don. Stessa storia con la stessa gente.

Si alzò in piedi sussurrando ancora quelle due matte parole: *...meraviglioso... orribile...*

Appena mossi i primi passi verso quel bacile nella roccia, che sapevo raccoglieva un filo d'acqua, alzammo il volo di quattro pernici bianche. Volarono via nella luce del sole, prillando nell'azzurro e facendo fremere l'aria che le portava. Passarono oltre il vallone dell'Agnelizza, verso il pascolo dei Campigoletti: – Sono pernici bianche, – dissi, – amano questo luogo anche d'inverno ma quando infuria la tormenta si rifugiano nelle *buse*, tra i mughi. Restano qui a fare compagnia.

Alla vena d'acqua che esce dalla roccia si fermavano a bere un sorso gli alpini prima di affrontare i reticolati del trincerone austriaco. Anche noi ci fermammo a bere e passammo via verso la Pozza, dove un rettangolo d'erba intensamente verde diceva che lí, nel 1919, erano stati sepolti i resti di tanti caduti. Camminammo per quel prato e risalimmo verso il Pozzo della Scala. Cercavo di schivare saliscendi faticosi, salti di roccia e cespugli di pino mugo per evitargli fatiche e venne cosí che imboccammo il grande camminamento da dove i compaesani del Bassano e del Sette Comuni erano usciti all'attacco in quell'alba del 10 giugno 1917. Da lí per il trincerone sotto il filo di cresta arrivammo sullo sperone di roccia a guardare l'Ortigara e la Val Sugana. Era quello che anche lui voleva.

– Ci sono degli uccelli neri con le zampe e il becco giallo che ci stanno seguendo da quando abbiamo lasciato il fontanello.

– Sono i soliti gracchi. Ci avevano osservato e ora ci stanno seguendo aspettando la nostra sosta per la colazione. Vedrai che si avvicineranno per richiedere la loro parte.

Restava bella la giornata, bellissimo il cielo senza la pur minima nube, fresco sí, ma non freddo. Dal Passo dell'Agnella ci apparvero le montagne oltre la Val Sugana. Piccoli gruppi di cince dal ciuffo e di piú numerosi becchincroce svolavano tra i rami dorati dei larici. Non erano spaventati e condividevano con noi il mattino luminoso.

– Mi raccontava lo zio Mosè che da qui uscivano le compagnie. Un cappellano li benediceva e li assolveva dai peccati, due carabinieri controllavano che tutti uscissero e lí sopra – le vedi quelle feritoie nella roccia? – c'erano le mitragliatrici degli austriaci puntate sui passaggi obbligati. Andavano avanti tra i compagni che cadevano.

– Era cosí. Era cosí, – disse sottovoce aggiungendo qualcosa che non intesi.

Al Pozzo della Scala trovò ancora i resti delle casematte, i ricoveri scavati nella roccia, i ripiani dove erano state accatastate le munizioni, le matasse dei reticolati. Nei posti di medicazione sembrava ancora di annusare l'odore dello iodio. Lui guardava tutto attentamente, come per ritrovare qualcosa che aveva perduto. Allora, quando nell'autunno erano qui a presidiare la linea, dovevano stare attenti ai cecchini e a quell'obice invisibile tra Cima XI e Cima del Prà. Non sparava a un uomo isolato ma per una corvè sí.

Raggiungemmo il crinale. Lentamente ci era apparso tutt'intorno un paesaggio a noi ben noto: dalle pendici del Grappa alle Vette Feltrine, alle Dolomiti di San Martino ai Lagorai coperti di boschi, alla Cima d'Asta, al Cauriol; ad affiorare contro l'azzurro l'Antelao, il Pelmo, la Civetta, la Marmolada; all'orizzonte, bianche, le Alpi Breonie, le Venoste, le Retiche. Cime innevate, ghiacciai, rocce, boschi e, sotto, invisibili, le valli con i fiumi e le città.

– Era qui, fratello, che ti volevo accompagnare, – gli dissi sull'ultimo sperone di roccia. Aiutandolo nel punto dove sapevo pericolosa una scivolata, giungemmo a una piazzola con un muretto a secco non affiorante all'esterno. Dentro, in breve spazio, una pietra levigata porta ancora la scritta: Osservatorio Torino | 55ª Compagnia | Battaglione Vestone.

Posammo le braccia sul muretto e stemmo in silenzio. Prima a guardare la tetra Ortigara che ci stava di fronte e poi tutt'intorno. Dopo disse: – Qualche sera di settembre veniva qui il tenente Giulio Bevilacqua. La sua compagnia confinava con la nostra. Stava qui in silenzio a pregare.

Mi accorsi che il sole aveva passato lo zenit e stava abbassandosi sopra il Verena. Quanto tempo eravamo stati lí in silenzio? Furono i voli dei gracchi a richiamarmi alla realtà: volavano insistentemente sopra la nostra testa, tanto da sentire l'aria mossa dalle loro ali sfiorarci il viso. Aspettavano cibo. Ci sedemmo, cosí, dentro l'Osservatorio della nostra compagnia. Aprii il sacco e gli versai un bicchiere di tè e facemmo colazione. Al di là del muretto gettavo pezzetti di pane e croste di formaggio, bucce di pera, e i gracchi si precipitavano dall'alto per afferrarle al volo. Anche Arrigo mi aveva imitato. Da una tasca del sacco levai la bottiglia da un quarto di litro dove avevo travasato la barbera che mi aveva regalato Ponchiroli, che a sua volta l'aveva avuta da Oreste Molina. Non beveva, Ponchiroli. Era una barbera viva e profumata. Arrigo si alzò in piedi, guardò l'Ortigara, la montagna del sacrificio umano, e versò un poco di vino oltre il muretto: – Per loro, – disse. – Per loro, – dissi anch'io ripetendo il gesto. – E per quelli dell'Albania e della Russia.

Era visibilmente stanco e con gli occhi umidi di lacrime. Con un fazzoletto candido si terse gli occhi e la fronte. Rimisi in spalla il sacco e ripartimmo in silenzio.

Raggiungemmo la comoda mulattiera che a tornanti scendeva le pendici tra rododendri, larici e mughi. Fu lí, tra il primo e il secondo tornante, che alzammo le pernici bianche. S'involarono oltre il ciglio delle trincee: – Quando saremo piú in basso ritorneranno qui camminando tra i sassi. Aspetteranno l'alba facendo compagnia ai nostri morti.

Sostammo a bere l'ultimo caffè con un pezzetto di cioccolata dentro le postazioni dell'artiglieria di Cima della Campanella. Scendemmo ancora tenendoci all'altezza dei trinceroni. Sul rovescio, dove un tempo c'erano i baraccamenti, Arrigo si fermò a guardare in silenzio la Piana di Marcesina, i versanti boscosi del

Badenecche, il Lambara. – Allora quello sotto è il Bosco del Menderle?

... il 10 novembre la nostra compagnia, lasciata a copertura tra la Cima della Caldiera e il Campanaro, aveva ricevuto l'ordine di fare mascheramento e retroguardia affinché gli altri reparti prendessero posizione tra Longara, Melette, Monte Fior e Badenecche. Dopo aver passato la notte quassú negli avamposti, per far sentire la nostra presenza, tra la neve che cadeva, freddo e tristezza, in silenzio, eravamo ripiegati nel Bosco del Menderle. Era la sera dell'11. Avevamo perso il collegamento con gli altri reparti, era buio pesto; non trovammo né indicazioni né tracce, e dentro il bosco oscuro gocciolava freddo. Il Capitano ci diede l'alt in attesa dell'alba.

Ci riparammo alla meglio sotto i teli da tenda, tra gli alberi piú fitti. Non potevamo accendere fuochi: avrebbero potuto essere segnale per la loro o anche la nostra artiglieria. O per chi probabilmente ci inseguiva da lontano. Eravamo piú di nessuno in una notte di nessuno. Il Capitano aveva ordinato al primo plotone fucilieri di mettere le sentinelle e di provvedere ai cambi. Le ore passavano lentissime, nessun lume, né razzi, né spari. Sembrava che neve e acqua uscissero anche dal sottosuolo. Venne un'alba grigia, densa di nebbie come il nostro stato d'incoscienza per la stanchezza e il freddo.

Il reparto di soldati ungheresi che da lontano ci stava seguendo e ci aveva in silenzio circondati, aspettava quel momento per catturarci. Uscirono dal buio con quell'alba. Ci disarmarono e ci scortarono giú per i Brentoni fino a Primolano.

... la notte del 20 gennaio 1943 una compagnia del Vestone, dopo aver ripiegato dal Don, era stata comandata di retroguardia nella steppa. Era molto freddo, il vento turbinava la neve. Scoppi, incendi, attacchi di carri armati. Venne l'alba. Apparvero nel grigiore dei reparti indistinti che marciavano con sicurezza nella neve: – Non sparate. Sono ungheresi, – disse il Capitano che guardava attentamente con il binocolo. Era un reparto dell'Armata Rossa. Giunsero a breve distanza e aprirono velocissimo e intenso fuoco con le armi automatiche. Si salvarono in pochissimi. Alcuni vennero catturati e altri, pochi, ritornarono dopo quasi quattro anni dall'Asia centrale.

Come era stato per lui nel novembre del '17 era stato anche per me dopo l'8 settembre 1943. Le nostre madri stettero per piú mesi senza nostre notizie. Pregavano c dicevano che non eravamo morti. Suo fratello Bepi aveva fatto un sogno. Era sul fronte del Carso e lo ritrovarono che ancora respirava sul fondo di una galleria dove quasi tutti erano morti per gas. Aveva sognato che suo fratello era stato catturato da soldati con divise strane che parlavano una lingua incomprensibile. Ungheresi della Transilvania? Volevano costringere Arrigo a curare subito i loro feriti ma lui aveva risposto che non curava i feriti per nazionalità ma per gravità.

Quando giungemmo a Passo Stretto trovammo Antonio preoccupato per il nostro ritardo. Nel cielo tersissimo già erano apparse le prime costellazioni. Anche le pernici bianche erano ritornate al loro addiaccio.

Lassú, dove ora ci sono spazio e silenzio e non turisti, non sciatori, non greggi; solo qualche cacciatore armato di cannocchiale e binocolo, arrivato camminando ancora prima dell'alba, che sta immobile a osservare i camosci per studiarli, capire, considerare prima di decidere a chi deve indirizzare la sua mira.

Con le prime nevicate di fine autunno i camosci lasciano i campi dell'amore per discendere verso i boschi sottostanti dove sarà piú facile superare l'inverno.

Al mattino gli stagni degli abbeveratoi sono velati dal ghiaccio e nelle zone in ombra la brina giorno dopo giorno aumenta la sua consistenza. Uno sparo lontano ti farà ricordare che il tempo della caccia sta per finire. Forse era in un capanno dove si erano posate le cesene; su quel lepre che poco prima hai seguito con la voce dei segugi: andavano per boschi e dossi e sentivi i cani ora vicini ora lontani; spegnersi, poi riprendere. Allora con questo «suonar di bracchetti» ti accorgi anche di altri suoni: un sommesso e flautato zufolare di ciuffolotti confidenti sugli apici del bosco, la voce di un pettirosso dentro un cespuglio di rosa canina, un corvo imperiale solitario che vola alto e richiama la compagna che era rimasta indietro, la corsa di un capriolo e un suono di campane che il bel tempo ti porta da ponente.

Cosí una dolce malinconia ti prende, la melanconia dell'autunno, e sotto un larice, all'asciutto, cerchi anche tu un luogo dove accucciarti per meditare sulle stagioni della tua vita e sull'esistenza che corre via con i ricordi che diventano preghiera di ringraziamento per la vita che hai avuto e per i doni che la natura ti elargisce.

Una mattina di dicembre vedrai il cielo uniformemente grigio, le montagne dentro le nuvole, i boschi piú scuri e, da una catasta di legna, schizzar via lo scricciolo. Il suo campanellino d'argento ti dirà prossima la prima neve.

Indice

Stampato per conto della Casa editrice Einaudi
presso Mondadori Printing S.p.A., Stabilimento N.S.M., Cles (Trento)

C.L. 18400

Ristampa					Anno			
2	3	4	5	6	2007	2008	2009	2010